이제 더 이상 르 카레 선생의 글을 읽을 수 없다는 사실만으로도
이 유작은 전성기 걸작에 맞먹을 정도로 값지게 느껴진다. 한국
어 독자여서 다행이다. 아직도 번역 안 된 작품들이 남았으니까.
유독 현실적이고 솔직하게 스파이 ... 를 다루고 있는 《실버뷰》
의 마지막 ... 남자의 이미지가 계속 뇌
... 라 이 세계에서 아무도
...
... 은 데이비드 콘웰도,
... 하지만 아무리 위장이어도
... 수 없이 영국 여권이리라.

박찬욱(영화감독)

존 르 카레가 쓴 마지막 작품. 생전에 발표하지 않은 소설. 《실버뷰》는 스파이 소설의 거장이 남긴 작별인사다.
존 르 카레 특유의, 거미줄을 펼치듯 인물들을 풀어내고, 그들을 통해 독자가 진상에 접근해가도록 만드는 이 소설은 스파이가 한 평생 충성을 다한 조직으로부터 인간답게 살 권리를 박탈당할 수밖에 없었던 진실의 순간을 직면하게 한다.
존 르 카레 스타일의 러브 스토리이기도 하다. 이보다 훌륭한 이별은 없다.

이다혜(《아무튼 스릴러》 작가)

SILVERVIEW

SILVERVIEW

실버뷰

존 르 카레 장편소설

조영학 옮김

SILVERVIEW
JOHN LE CARRÉ

차례

1

런던의 웨스트엔드, 어느 날 아침 10시쯤 헐렁한 아노락코트 차림에 모직스카프를 머리에 두른 여성이 비바람 거센 사우스오들리스트리트를 성큼성큼 뚫고 지나갔다. 그녀의 이름은 릴리, 지금은 초조한 상태이지만 그 기분도 이따금 분노로 바뀌었다. 릴리는 손모아장갑을 낀 손으로 비를 가리고 번지수들을 노려보았다. 다른 손으로는 유아차를 밀었는데 안에는 두 살배기 아들 샘이 타고 있었다. 어떤 집은 너무 화려해 대놓고 번지가 적혀 있지만, 지나온 집 중에 그녀가 찾는 주소는 없었다.

릴리는 마침내 어느 그럴듯한 집 입구에 도착했다. 기둥에 번지수도 선명하게 적혀 있었다. 그녀는 뒤로 돌아선 뒤, 유아차를 끌어당기며 계단을 올라갔다. 그리고 미간을 찡그리며 초인종 옆 거주자 이름을 살핀 뒤 맨 아래 버튼을 눌렀다.

“문을 밀고 들어와요.” 스피커에서 친절한 여자 목소리가 흘러나왔다.

“프록터 씨를 만나러 왔어요. 엄마 말이 그분 아니면 안 된댔어요.” 릴리가 머리를 쓸어올리며 말했다.

“스튜어트가 나갈 거예요.” 방금 전의 자상한 목소리. 잠시 후 현관문이 열리고 50대 중반의 사내가 모습을 드러냈다. 호리호리한 체구에 안경을 썼다. 남자는 흥미롭다는 듯 부리처럼 뾰족한 머리를 왼쪽으로 갸웃했다. 그 뒤로 흰 머리에 카디건 차림의 중년여성이 서 있었다.

“내가 프록터요. 도와드릴까?” 그가 유아차를 들여다보며 물었다.

“당신이 프록터 씨라는 걸 어떻게 알죠?” 릴리가 되물었다.

“어머니가 어젯밤 내 비밀전화로 연락해 어디 가지 말라고 하더군.”

“엄마 얘기로는 혼자 계실 거라고…….” 릴리가 중년여성을 보며 인상을 찌푸렸다.

“마리는 집을 돌보고 있어요. 필요하면 얼마든지 당신도 도와줄 거요.” 스튜어트가 말했다.

여자가 나섰지만 릴리는 도움을 외면한 채 안으로 들어갔다. 스튜어트가 문을 닫았다. 조용한 현관 입구, 비닐 커버를 젖히자 잠든 아이의 정수리가 드러났다. 머리카락은 검은 곱슬이고 표정은 너무도 평온했다.

“밤새 잠을 안 잤어요.” 릴리가 아이 이마에 손을 가져갔다.

“예쁘네요.” 마리가 말했다.

릴리는 계단 아래 제일 어두운 곳으로 유아차를 밀고 가, 유아차 아래 손을 넣어 크고 평범한 봉투를 꺼내 스튜어트 앞에 섰다. 스튜어트의 애매한 미소를 보니 문득 기숙학교 생각이 났다. 고해성사를 담당하는 늙은 신부. 릴리는 그 학교도 신부도 싫어했다. 그래서 스튜어트도 싫어하기로 했다.

“다 읽을 때까지 여기 앉아 기다릴게요.” 릴리가 말했다.

“오, 그래요.” 스튜어트는 그렇게 말하면서도 안경 너머 릴리를 삐딱하게 바라보았다. “그런데…… 미안하지만 뭘 기다리시게?”

“답신이 있으면 구두로라도 엄마한테 전해야 해요. 전화나 문자, 이메일을 싫어하시거든요. 첩보국이든 프록터 씨든, 누구나 마찬가지예요.”

"그것도 유감이로군." 스튜어트는 잠시 생각하는 듯하다가 대답했다. 그리고 그제야 손에 든 봉투를 깨닫기라도 한 듯 깡마른 손가락으로 찔러보았다. "대단하군. 편지가 몇 장이나 될 것 같소?"

"저도 몰라요."

"가정용 문구인가? 아냐, 아냐, 가정용이 이렇게 클 리가 없잖아. 그냥 평범한 타자지겠어." 그가 다시 찔러보며 중얼거렸다.

"저도 내용물은 못 봤어요. 말씀드린 대로."

"아, 물론, 그렇게 말씀하셨지. 에……." 그의 코믹한 미소에 릴리도 잠시 긴장을 놓고 말았다. "아무튼 일은 해야겠지? 다 읽으려면 시간이 좀 길어질 듯싶은데 잠시 자리를 비워도 괜찮겠소?"

현관 맞은편에 있는 썰렁한 응접실. 릴리와 마리는 흉측한 격자무늬 팔걸이의자에 마주 앉았다. 조악한 유리테이블 위에 놓인 양철쟁반에는 커피를 담은 보온병과 초콜릿비스킷이 있었다. 릴리는 둘 다 사양했다.

"그래, 어머니는 어때요?" 마리가 물었다.

"그럭저럭요. 죽어가는 사람치고는. 고맙습니다."

"슬픈 일이죠. 언제나 그렇듯. 어머니 영혼은 평온한가요?"

"나름 심지가 굳은 분이세요. 그런 뜻으로 물으신다면요. 모르핀 사용도 거부하시는걸요. 기운이 돌아오면 식사하러 내려오시기도 하죠."

"다행히 식욕은 있으신가 보네요."

릴리는 더는 참을 수 없어 복도로 나와 샘을 돌봤다. 잠시 후 스튜어트가 나타났다. 그의 방은 첫 번째 방보다 좁고 어두웠는데 망사커튼도 아주아주 더러웠다. 스튜어트는 릴리와 적정 거리라도 유지하려는 듯 반대편 벽 라디에이터 옆에 섰다. 릴리는 그의 생김새도 맘에 들지 않았다. 당신은 입스위치 병원의 종양학자예요. 그리고 지금 말하려는 내용은 아주 가까운 가족한테만 할 얘기죠. 지금 엄마가 죽어간다는 말을 하겠지만, 그건 나도 알고 있어요. 더 할 얘기가 남았나요?

"모친의 편지 내용을 알고 있죠? 당연하겠지만." 스튜어트는 담담하게 말을 꺼냈다. 지금은 고해성사를 거부하고 싶은 성직자보다는 훨씬 현실적 인물로 보였다. 그는 릴리가 부인하려 한다는 사실도 알았다. "실제 내용은 아니더라도 대략적인 요지 정도는."

"아까 말씀드렸듯이 요지든 뭐든 모릅니다. 엄마는 말해주지 않고 나도 묻지 않았어요." 릴리가 툭 쏘아붙였다.

옛날에 기숙학교에서 하던 놀이가 있다. 오래오래 상대방을 노려보기. 눈을 깜빡이거나 미소를 짓는 사람이 지는 놀이였다.

"좋아요, 릴리. 다르게 물어볼게요." 스튜어트는 짜증 날 정도의 인내심을 보여주었다. "내용은 모른다고 쳐요. 대충도 몰라요. 그래도 누구든 만나 편지를 배달하러 런던에 간다고 얘기는 했겠지. 누구한테 말했소? 꼭 알아야 하기에 묻는 거요."

"아무한테도 얘기 안 했어요. 단 한 마디도. 엄마가 하지 말랬다니까요." 릴리는 스튜어트의 무표정한 얼굴을 노려보며 대답했다.

"릴리."

"예?"

"당신 개인 사정이야 나도 잘 몰라요. 하지만 아무리 그렇다 해도 파트너 정도는 있지 않겠소? 그 사람한테는 뭐라고 했소? 사정 얘기도 않고 하루종일 집을 내팽개칠 수는 없지 않아요? 가뜩이나 어려운 판에 말이요. 남자든 여자든, 아니면 그냥 아는 사람이든, 뭐라도 얘기하는 게 인지상정이지. '그거 알아? 나 지금 런던에 가. 엄마가 쓴 편지를 초특급으로 직접 전달해야 해서.'라고?"

"지금 인지상정이라고 했나요? 우리가? 서로 그런 식으로 말하는 게? 잘 모르는 사람한테요? 인지상정이 뭐죠? 엄마는 아무한테도 얘기하지 말라고 했고 그래서 하지 않았어요. 게다가 난 당신네한테서 세뇌 교육까지 받은 몸이에요. 계약도 했고요. 3년 전, 내 머리에 피스톨을 겨누더니 비밀을 지킬 만큼 어른이 되었다고 하더군요. 당연히 파트너 따위도 없고 수다를 떨 여자친구도 안 키워요."

다시 노려보기 게임.

"아버지한테도 얘기 안 했어요. 그것도 알고 싶은 거죠?" 릴리가 덧붙였다. 이번엔 정말 고해성사 같은 말투였다.

"엄마가 그랬소? 그 양반한테도 절대 말하면 안 된다고?" 스튜어트가 다소 신경질적으로 따져 물었다.

"얘기하라는 말씀도 없으셨으니까요. 그래서 안 했어요. 그게 우리 가족이에요. 서로 끔찍하게 내외하죠. 이 댁도 상황은 마찬가지 아닌가요?"

"질문 하나만 더 합시다. 괜찮다면. 그냥 호기심 때문인데, 오늘 런던에 오기 위해 어떤 그럴듯한 이유를 댔소?" 스튜어트는 자기 가족의 내외에 대해서는 못 들은 척 넘어갔다.

"위장 시나리오 얘기인가요?"

그의 얼굴이 밝아졌다.

"그래요, 그런 것 같소." 스튜어트는 위장 시나리오를 처음 듣기라도 한 듯, 그래서 더 즐거운 듯 보였다.

"우리 동네 유치원을 보러 가요. 블룸스버리 집 근처에. 샘이 세 살이 되면 입학시킬 생각이에요."

"좋군. 정말 그렇게 할 거요? 진짜 유치원을 보러 가오? 샘하고 함께? 원장도 만나고? 아들 이름도 적고?" 스튜어트는 이제 근심 많은 아저씨로 변신했다. 그것도 아주 그럴듯한 모습으로 보였다.

"여기서 나간 후, 샘이 괜찮은지 봐야겠죠."

"꼭 그렇게 해요. 돌아갈 때 훨씬 쉬워질 테니까." 스튜어트가 강조했다.

"쉬워요? 뭐가 쉽죠? 거짓말하기가 쉽다는 뜻인가요?" 이런, 또다시 안달복달.

"거짓말하지 않아도 되니 쉽다는 얘기요." 스튜어트가 애써 변명을 했다. "릴리와 샘이 정말로 유치원에 간 다음 집에 돌아가 유치원 다녀왔다고 하는 건데 왜 거짓말이겠소. 아무래도 스트레스가 심한 모양이요. 그걸 어떻게 다 견뎌냈는지 상상이 안 가는군."

잠깐이지만 그가 정말로 걱정한다는 생각이 들기는 했다.

"아직 질문이 남았소. 용감무쌍한 모친께 어떤 대답을 해주면 좋겠소? 어머니야 당연히 대답을 들을 권리가 있소만." 스튜어트가 본론으로 돌아갔다.

그가 정말로 대답을 기대했는지는 모르겠지만 대답이 없자 말을 이어갔다.

"대답은 구두로 전해야 하겠지? 물론 릴리 혼자 전할 테고. 대단히 미안하오만, 계속 말해도 되겠소?" 어쨌든 릴리의 반응과 상관없이 말을 하기는 했다. "우리 대답은 모든 사항에 대해 즉각적인 오케이요. 모두 세 번의 오케이겠지. 모친의 조건은 모두 들어주기로 했소. 다 기억할 수 있겠소?"

"필요한 단어만 기억하면 되니까요."

"그리고 모친의 호의와 충성에 대해서도 크게 감사하는 바요. 아, 릴리도 마찬가지고. 아무튼 다시 한번 사과드리리다."

"그럼 아버지는요? 뭐라고 얘기해야 하죠?" 릴리가 물었다. 여전히 화가 난 터였다.

특유의 화려한 미소. 흡사 경고등 같은.

"아, 음, 유치원 얘기를 하면 되지 않을까? 오늘 런던에 온 이유도 거기에 있으니까."

*

거리에 나서자 빗방울이 마구 튀었다. 릴리는 마운트스트리트까지 곧장 걸어가 그곳에서 택시를 불러 리버풀스트리트역으로 갔다. 정말 유치원에 갈 수도 있지만 그녀도 확신은 없었다. 어젯밤에도 그렇게 얘기했을 수도 있지만 그 역시 자신은 없었다. 그때쯤 다시는 누구한테도 변명하지 않겠다고 결심을 했기 때문이다. 아니면 스튜어트가 비틀어 짜낼 때까지 그 생각을 하지 못했을 수도 있다. 분명한 사실은…… 스튜어트를 위해 빌어먹을 유치원에 갈 생각은 없다는 것이다. 망할, 아무려면 어때. 죽어가는 어머니들과 그들의 비밀, 그게 뭐든.

2

그날 아침, 이스트앵글리아 변두리에 위치한 작은 해변 마을, 줄리언 론즐리라는 이름의 서적상이 새 가게 측문에서 빠져나왔다. 두 달 전 도시생활을 마무리하면서 남긴, 벨벳칼라의 검은색 외투를 목까지 단단히 여미었다. 몽돌해변의 황량한 산책길을 헤치며, 이 황량한 계절에 아침 식사를 제공하는 카페를 찾아 나선 것이다.

기분은 좋지 않았다. 자신도 이놈의 세상도 역겹기는 마찬가지였다. 어젯밤, 혼자 몇 시간 동안 재고 조사를 마친 후, 서점 위에 개조한 다락방으로 올라갔는데 전기도 수도 시설도 없는 것이 아닌가. 건설회사 전화는 응답기로 넘어갔다. 이 시즌에 호텔을 열 리도 없겠기에 그저 촛불 네 개를 켜고 레드와인 병을 따 커다란 잔에 따라 마신 뒤 침대에 여분의 담요까지 쌓고 들어가 가게 회계보고서에 파묻혔다.

놈들은 그가 묻지 않는 얘기는 아예 벙긋하지도 않았다. 경쟁이 싫어 충동적으로 도시를 빠져나왔건만 시작부터 개판이 되고 만 것이다. 좋다, 설명하기 싫다면 직접 얘기하면 그만이다. 일단 고독한 독신생활이 아직 익숙하지 않고, 시끌벅적했던 과거의 삶을 단지 거리만으로 억누를 수 없으며, 엘리트 서적상에게 꼭 필요한, 문학적 소양을 한두 달 사이에 채울 수는 없는 노릇이다.

마을 유일의 카페는 판잣집 수준이다. 그 앞으로 에드워드풍의 방갈로가 죽 늘어서 있었다. 하늘은 먹구름이 가득하고 바닷새들이 비명을 질러댔다. 아침 조깅을 하면서 몇 번 본 곳이지만 카페에 들어갈 생각은 전혀 들지 않았다. 추레한 녹색 간판은 S가 빠진 채 ICE 단어만 깜빡거렸다. 바람이 어찌나 센지 문이 쉽게 열리지 않아, 줄리언은 안간힘을 쓰며 겨우 들어간 뒤 조심스레 문을 닫았다.

"어서 와요! 아무 데나 앉아요. 곧 나갈 테니." 주방 쪽에서 씩씩한 여자 목소리가 들렸다.

"예, 안녕하세요." 그도 대충 인사를 챙겼다.

형광등 아래, 10여 개의 테이블에 모두 붉은색 비닐을 덮어 놓았다. 줄리언은 한 곳을 골라 앉아 메뉴를 펼쳤다. 식탁에는 양념 병과 소스 병들이 세팅되어 있었다. 외국인 아나운서가 떠드는 소리가 주방 문을 통해 흘러나왔다. 등 뒤에서 쾅 하는 소리와 무거운 발소리가 들렸다. 다른 손님이 들어온 것이다. 벽 거울을 보니 명성이 자자한 에드워드 에이번 씨였다. 어제 저녁 서점에 들어와 잔뜩 줄리언을 성가시게 해놓고 책은 사지 않은 손님이기도 했다.

아직 얼굴을 마주하지는 않았지만, 저 도발적인 은발을 몰라볼 수는 없었다. 에드워드는 쉴 새 없이 움직이는 인물이다. 지금도 챙 넓은 홈부르크모자를 걸고, 빗물이 뚝뚝 떨어지는 레인코트를 의자 뒤에 거느라 분주했다. 그리고 특유의 섬세한 손을 화려하게 움직이며 레인코트 안쪽에서 〈가디언〉 한 부를 꺼내 테이블 위에 조심스레 펼쳐놓았다.

*

어제 저녁 가게 문을 닫기 5분 전. 손님은 없었다. 사실 하루 종일 파리만 날렸다. 줄리언은 카운터에 서서 보잘것없는 수

입을 계산하고 있지만 몇 분 전부터 어떤 남자가 신경을 건드렸다. 한 남자가 홈부르크모자에 황갈색 레인코트 차림으로 접은 우산을 들고 반대편 보도에 서 있던 것이다. 이것도 사업이라고 6개월씩이나 붙들고 있다 보니 어느 정도 사람을 식별하는 눈이 생겼다. 특히 바라만 보고 들어오지 않는 작자들. 그 자들이 신경을 긁기 시작했다. 저 자의 신경을 건드리는 게 가게의 연두색 페인트일까? 토박이들이 화려한 색을 싫어할 수도 있잖아?

좋은 책이 너무 많아서? 주머니 사정은 여의치 않은데? 아니면 스물두 살의 슬로바키아 아르바이트생인 벨라 때문일까? 소설 속 연인들을 찾아 종종 쇼윈도에 모습을 드러내지 않는가? 아니, 그럴 리가 없어. 벨라는 재고 문제 때문에 임시로 고용했다. 팔리지 않는 책들을 포장해 출판사에 반납하는 일이다. 순간 기적이 일어난다. 남자가 갑자기 거리를 건너오는 것이 아닌가! 그가 모자를 벗고 가게 문을 열었다. 풍성한 은발의 60대 사내, 그가 줄리언을 바라보았다!

"문 닫았소? 영업 시간이 끝났으면 다음에 다시 오리다." 목소리에도 힘이 있었다. 남자는 말은 그렇게 했지만 흙 묻은 갈색 산책화를 이미 문 안으로 들이고 다른 발도 거침없이 끌어들였다. 심지어 우산까지.

"닫기는요. 다섯 시 반이 마감이긴 하지만 들쑥날쑥합니다. 어서 오세요. 시간은 얼마든지 있으니 개의치 마세요." 줄리언은 그 말을 하고 다시 계산에 몰두했다. 손님은 우산을 조심스레 빅토리아풍의 우산꽂이에 끼우고 홈부르크모자도 빅토리아풍의 모자걸이에 걸었다. 그리고 서점의 레트로 스타일을 칭찬하며 노인들이 좋아할 거라는 말까지 덧붙인다. 이 마을이야 노인 천국 아니겠소?

"특별히 찾는 책이 있으신가요? 아니면 둘러보시겠습니까?" 줄리언이 물으며 책장의 조도를 최대로 올렸다. 손님은 질문을 겨우 알아듣고 크게 감동한 표정을 지었다. 얼굴은 크고 깨끗하게 면도를 했는데 배우처럼 감정이 풍부한 듯싶었다.

"사실 아무 생각도 없다오. 아무튼 우리 마을에도 진짜 서점이 생겼구려. 멋집니다. 진심이요." 그가 부드러운 손짓으로 경이로움의 출처를 가리키며 말한다.

노인은 마음을 정했는지 경건한 마음으로 책장 순례에 나섰다. 소설, 비소설, 지역 문제, 여행, 고전, 종교, 예술, 시…… 분야 여기저기 멈춰 설 때마다 책 한 권을 뽑아내 소위 애서가의 탐구를 시행했다. 표지, 날개판, 종이질, 제본, 무게, 디자인 등등.

"대단하구려." 그가 다시 탄성을 흘렸다.

그런데 영국 사람이 맞나? 목소리는 풍부하고 호기심을 자아내며 힘이 있었다. 억양이 살짝 이국적이지 않나?

"대단하다뇨?" 줄리언이 좁은 사무실에서 큰소리로 되물었다. 그날의 이메일을 확인하는 중이었다. 손님의 음성은 아까와 또 달라졌다. 목소리에 신뢰가 담긴 것이다.

"봐요. 이 놀라운 가게를 완전히 새로운 방식으로 운영하는 것 같군요. 내 말이 맞죠? 아니면 이 노친네가 엉뚱한 달 보고 짖는 거요?"

"새로운 방식이긴 합니다." 줄리언은 여전히 사무실이었다. 문은 열어둔 채다. 그래, 맞아, 억양이 이국적이야.

"주인도 바뀐 거죠? 실례가 안 되는 질문이라면."

"괜찮습니다. 예, 주인도 바뀌었어요." 줄리언이 밝은 목소리로 대답하고는 카운터로 돌아왔다.

"그럼, 댁은…… 아, 미안하외다." 노인의 표정이 굳고 말투도 군인처럼 바뀌었다. "자, 봐요…… 혹시 그 젊은 선원 아니오? 꼭 알아야 할 이유가 있어서 그래요. 아니면, 그의 부관, 대리? 뭐든 좋소." 그러더니, 줄리언이 그런 취조 같은 질문에 기분이 상했으리라 마음대로 결정해버렸다. "개인적인 관심 때문은 아니라오. 믿어도 좋아요. 사실, 댁의 선임이 자기 왕국을 늙은 선원이라고 명명했기 때문이오. 이렇게 말해도 된다면 그 후임이야말로 보다 젊고 훨씬 관대하기에…….”

그때쯤 둘은 무의미한 대화에 얽혔으나 아무튼 시간은 흐르고 상황은 마무리되었다. 줄리언이 예, 그렇습니다. 제가 매니저이자 주인이라고 선언한 덕이었다. 그러자 손님은 “이거 한 장 가져도 되겠소?”라고 묻고 길고 가느다란 손가락으로 명함 한 장을 노련하게 뽑아내더니, 불빛에 비추어보며 직접 증거를 확인하고 나섰다.

“한번 읽어볼 테니 틀리면 알려주구려. J. J. 론즐리 씨, 론즐리 베터북스 소유주이자 매니저.” 그가 명함을 읽더니 천천히 손을 내리고 고개를 돌려 줄리언의 대답을 기다렸다. “맞나요? 틀려요?”

“맞습니다.” 줄리언이 확인해주었다.

“첫 번째 J는? 여쭤도 괜찮다면요.”

“예, 괜찮습니다. 줄리언.”

“위대한 로마 황제로군요. 두 번째도 여쭤도 되겠소?”

“제러미.”

“혹시 두 위치가 바뀐 것은 아니겠죠?”

“그럴 리가요.”

“그럼 귀하를 제이-제이라고 부르오?”

“개인적으로는 그냥 줄리언이 좋습니다.”

그 말에 손님은 미간을 찌푸리며 고민했다. 황갈색 이마는 살짝 돌출했으며 흰 점이 여기저기 박혀 있었다.

“그럼, 줄리언 론즐리라고 해야겠군요. 그의 초상화나 그림자가 아니라. 나로 말하자면 에드워드 에이번이요. 강 이름이라오. 테드나 테디라고 부르기도 하지만 또래들한테만은 늘 에드워드요. 만나서 반갑소, 줄리언.” 그가 카운터 너머로 불쑥 손을 내밀었다. 손가락은 가늘지만 손 힘이 놀랍도록 강했다.

“예, 안녕하세요, 에드워드.” 줄리언이 가볍게 인사를 받았다. 그는 악수가 끝나자마자 얼른 손을 거두고 에드워드의 다음 동작을 기다렸다.

“이 늙은이가 사적인 얘기 하나 해도 되겠소? 어쩌면 무례할 수도 있다오.”

“지나치지만 않다면요.” 줄리언이 조심스레 대답하지만 말투는 최대한 가볍게 가져갔다.

“아주아주 조심스럽기는 하나 여기 이 놀랍도록 훌륭한 도서 목록과 관련해 정말 바보 같은 추천 하나 해도 괜찮겠소?”

“얼마든지요.” 줄리언이 호기롭게 대답했다. 그 정도야 아무렴 어떻겠는가.

“아주 개인적인 판단이오. 내 자신의 감상만으로 추천하는 바라오. 이해하시겠소?” 이해야 못하겠는가. “그럼 계속하리다. 내 생각으로는 말이요, 이 마을을 포함해 어느 마을의 서점이든 책장이 제대로 돋보이려면 제발트의《토성의 고리》가 포함되어야 한다오. 아, 그러고 보니 제발트를 잘 모르실 수도 있겠소그려."

줄리언에게는 확실히 낯선 이름이었다. 에드워드가 제이발트라며 이름을 독일식으로 발음한 탓에 더욱더 그렇다.

"미리 말씀드리자면,《토성의 고리》는 이름 탓에 오해할 수도 있지만 안내서는 분명 아니라오. 이런, 또 잘난 체를 하게 되는군. 이해해주겠소?"

이해 못 할 게 어디 있습니까.

"《토성의 고리》는 최고 수준의 문학적 업적이라오. 이스트앵글리아의 노정에서 시작해 유럽의 문화유산 전반, 심지어 죽음까지 아우르는 영적 여행이기도 하지. 세발드, W. G." 이번에는 영어 발음으로 강조하고 줄리언이 적을 때까지 기다렸다. "이스트앵글리아 우리 대학에서 유럽 문학 교수를 역임했소. 훌륭한 인물이 다들 그렇지만 암울한 삶을 보내셨지. 아, 지금은 고인이라오. 제발트에게 명복을."

"저도 빌겠습니다." 줄리언이 이름을 적으면서 약속한다.

"이런 주책맞게 너무 오래 머물렀구려. 책은 사지 못했소. 사실 빈털터리라오. 그래도 멋진 곳이오. 잘 있어요, 줄리언,

굿나잇. 모든 행운이 멋진 사업과 함께하기를…… 아, 잠깐! 저곳이 지하실이오?"

에드워드가 다시 눈에 불을 밝힌다. 할인도서 코너의 모퉁이 책장에서 깊숙이 숨은 나선형 계단을 본 것이다. 계단은 빅토리아풍의 칸막이에 살짝 가려져 있었다.

"아, 거긴 아무것도 없습니다." 줄리언이 대답하고는 다시 하루 매상을 계산했다.

"그런데…… 무슨 일로 비워두셨을까? 명색이 서점에는 빈 공간이 없어야 하잖소, 줄리언?"

"아직 고민 중입니다. 중고책 매장은 어떨까 해서요. 좀 더 생각해야죠." 줄리언도 피곤해지기 시작했다.

"잠깐 봐도 되겠소? 뻔뻔한 호기심 탓이라오. 괜찮겠죠?" 에드워드가 고집을 부렸다.

허락하지 않으면 어쩌겠는가.

"내려가다가 왼쪽에 스위치가 있습니다. 계단 조심하시고요."

에드워드는 놀랄 만큼 민첩하게 나선형 계단을 내려갔다. 줄리언은 귀를 기울이며 기다렸지만 아무 소리도 들리지 않자 살짝 불안해졌다. 왜 허락했을까? 아무리 봐도 정신 나간 노친네이건만.

에드워드는 사라질 때만큼이나 민첩하게 다시 나타났다.

"멋지군요. 미래를 위한 즐거움의 산실이라니. 정말 정말 축하하오. 그리고 다시 한번, 안녕히 계시구려."

"죄송하지만, 뭘 하는 분이신지요?" 노인이 문을 향해 떠나려는데 줄리언이 불쑥 물었다.

"나 말이요?"

"예, 그렇습니다. 혹시 작가이신가요? 화가? 기자? 아니면 학자? 당연히 알아야 할 분 같은데 이곳에 온 지 얼마 되지 않아서요."

그 질문에 그도 난감해했지만 그 점은 줄리언도 마찬가지였다.

에드워드는 한참을 생각한 다음 입을 연다.

"네, 그냥 영국이 남긴 잡동사니 정도로 해둡시다. 아, 지금은 은퇴했소. 한때는 별 볼 일 없는 학자이기도 했고, 한때는 잡일도 하고 그랬으니까. 이 정도면 됐소?"

"그런 것 같습니다."

"그럼, 곧 다시 봅시다." 에드워드는 문에서 마지막으로 애석한 시선을 보내며 인사했다.

"안녕히 가세요." 줄리언도 기꺼이 인사를 받았다.

에드워드는 홈부르크모자를 쓰고 각을 잡은 뒤 우산을 챙겨 당당하게 어둠 속으로 사라졌다. 다만 그 전에 줄리언은 그의 마지막 인사에서 진한 알코올 냄새를 맡고야 말았다.

*

"뭘 드릴까?" 카페 주인이 물었다. 줄리언이 들어왔을 때 인사하던 중부 유럽 특유의 억양. 그런데 대답도 하기 전에 에드워드가 먼저 선수를 쳤다. 목소리가 어찌나 우렁찬지, 바닷바람 윙윙거리는 소리와 카페 벽 삐걱거리는 소리를 덮을 정도였다.

"좋은 아침이요, 줄리언. 폭풍우 때문에 잠이라도 잘 주무셨나 모르겠소. 이왕이면, 아드리아나가 만든 오믈렛을 드셔보구려. 정말 기가 막히다오."

"오, 고맙습니다. 그럼 그걸로 하겠습니다." 아직은 에드워드라고 부르기가 어색했다. 그리고 옆에 대기하고 있는 종업원에게. "브라운토스트와 차 한잔도 부탁해요."

"어떻게 해드릴까? 부드럽게 해드려? 에드워드처럼?"

"예, 부드러운 게 좋아요." 이번엔 체념한 듯 에이번에게. "여기 자주 오시나 봅니다."

"배가 고플 때면 늘. 아드리아나는 이 마을의 일급비밀이라오. 내 말이 맞지, 달링?"

목소리는 여전히 화려하고 중후했지만 오늘 아침에는 다소 힘이 빠진 듯했다. 아무래도 어젯밤의 알코올이 영향을 미친 것이리라.

아드리아나는 주방에서 분주하게 움직였다. 불편한 휴전이 지속되는 가운데 바닷바람은 울부짖고 겉만 번드르르한 건물은 스트레스로 끙끙 앓았다. 에드워드도 〈가디언〉에 빠져들었다. 그사이 줄리언은 느긋하게 비가 몰아치는 창밖을 내다보았다.

"줄리언?"

"예, 에드워드?"

"신기한 우연의 일치오만, 난 돌아가신 부친의 친구였다오."

요란한 천둥소리가 뒤를 이었다.

"오, 그렇습니까? 놀랍군요."

"둘이 함께 저 끔찍한 초등학교에 갇혀 지냈소. 헨리 케네스 론즐리. 학교 친구들은 보통 위대한 H. K.라고 불렀지."

"부친께서는 학창 시절이 제일 행복했다고 늘 말씀하셨습니다." 줄리언이 대답했지만 사실 잘 알지는 못했다.

"그래요. 그 친구의 삶을 회고한다면 언제나 사실만 말했다고 하리다." 에드워드가 말했다.

그 후로는 바람이 휘몰아치는 소리, 주방 라디오에서 외국인이 주절대는 소리뿐이었다. 그러던 중 줄리언이 문득 급히 서점에 돌아가야 할 일이 생겼다.

"예, 그런 분이셨죠." 그가 건성으로 대답했다. 때마침 아드리아나가 부드러운 오믈렛과 차를 들고 왔다.

"함께 가도 괜찮겠소?"

줄리언이 대답도 하기 전, 에드워드는 이미 커피를 들고 자리에서 일어나고 있었다. 그에겐 줄리언이 놀랄 일이 두 가지가 있었다. 그런데 어느 쪽이 더 큰 걸까? 일단 부친의 불행한 삶을 잘 알고 있는 것만은 분명했다. 그런데 지금 보니 두 눈은 충혈된 채 푹 꺼지고 두 뺨은 주름이 자글자글하고 하얀 다박나룻으로 덮였다. 만일 어젯밤 숙취 때문이라면 필경 엄청 마셔댄 모양이었다.

"그래, 친애하는 부친께 내 얘기는 못 들었소? 에이번? 테디 에이번?" 그는 자리에 앉자마자 상체를 내밀고 특유의 초췌한 갈색 눈으로 줄리언을 보았다.

그런 기억은 없었다. 유감스럽게도.

"귀족클럽은? 귀족클럽 얘기도 없으셨던가?"

"아, 그 말씀은 하셨습니다." 줄리언이 탄성을 질렀다. 좋든 나쁘든 마지막 의혹이 사라졌다. "토론이 없는 토론클럽이었죠. 아버지가 만들고 첫 모임 중간에 쫓겨났습니다. 말 그대로 강퇴였죠. 아버지 말씀에 따르면요." 그가 조심스럽게 덧붙였다. 아버지는 당신 얘기를 할 때면 늘 사실과 조금씩 벗어나기도 했다.

"H. K.가 클럽 회장이고 내가 부회장이었소. 나도 쫓겨날 뻔했는데 차라리 그게 나았을 뻔했다오. 무정부주의, 볼셰비키, 트로츠키…… 우릴 건드리는 교의란 교의는 닥치는 대로 받아들였지." 식은 블랙커피 한 모금.

"고인께서도 비슷한 말씀을 하셨습니다." 줄리언이 아는 척하고 에드워드의 반응을 기다렸다. 에드워드도 기다렸다. 흡사 상대의 다음 패를 노리는 도박사들 같았다.

"그 후 부친께서 갑자기 옥스퍼드에 진학을 했지 뭐유." 에드워드가 마침내 패를 내놓았다. 흡사 연극배우처럼 몸서리를 치며 목소리를 낮추고 눈을 들어 하늘을 보더니 줄리언이 어떻게 반응하는지 힐끗 눈치까지 살폈다. "거기서 사람들을 만났는데……." 그가 안 됐다는 듯 손으로 줄리언의 팔을 건드렸다. "…… 종교가 있소?"

"아니, 없습니다." 줄리언이 단호하게 대답했다. 화가 났다.

"계속 얘기해도 되겠소?"

하지만 이번에는 줄리언이 얘기를 이어갔다.

"부친께서는 그곳에서 미 달러로 부활한 복음주의자들한테 빠져버리셨습니다. 짧은 머리에 타이를 맨 얍삽한 자들인데 부친을 스위스 어느 산정으로 보내 극렬한 기독교도로 만들어 버렸다. 그 말씀을 하고 싶으신 건가요?"

"그렇게 거친 표현은 아니나 나조차 더 잘 설명할 수는 없겠군그려. 그러니까…… 줄리언은 종교와 거리가 멀다 이거요?"

"교인은 절대 아닙니다."

"그럼, 지혜의 원천이 바로 줄리언 내면이겠소이다그려. 부친은 옥스퍼드에서 '래리만큼 행복하다'고 편지를 보냈소. 미래가 창창하고 여자들도 많다면서…… 여자가 늘 약점이었지, 왜 아니겠소? 그런데, 2학년이 끝날 때쯤……."

줄리언이 말을 끊고 들어갔다.

"놈들한테 걸려들었죠? 그래서 성공회 목사가 되었지만 10년 후 일요 예배에서 신도들 앞에서 목사직을 내던졌습니다. 나, H. K. 론즐리 목사이자 신품성사 서기는 신은 존재하지 않는다고 선언합니다, 아멘. 하실 말씀이 이런 겁니까?"

아버지의 난삽한 성생활 등 방탕한 과거 얘기를 해보자는 걸까? 당시 황색 신문에서도 한창 떠들어대지 않았던가. 아니면, 오만하던 론즐리 가족이 어떤 이유로 땡전 한 푼 없이 목사관에서 내쫓겼는지 미주알고주알 떠들고 싶어서? 아버지가 일찍 죽는 바람에 줄리언도 대입의 희망을 접고, 먼 친척이 운영하는 어느 클럽하우스의 수금원이 되었다는 얘기도? 아버지 빚을 갚고 어머니 식탁에 빵을 마련해주기 위해? 만일 그랬다면, 줄리언은 당장 자리를 박차고 문밖으로 뛰쳐나갔을 것이다.

다만 에드워드의 표정은 음탕한 호기심보다 진심 어린 공감에 더 가까웠다.

"당신도 그곳에 있었소, 줄리언?"

"어디 말씀입니까?"

"교회."

"예, 그렇죠. 선생님은 어디 계셨나요?"

"부친 옆에 있고 싶었소만 안타깝게도 조금 늦게 소식을 접했소. 신문을 읽자마자 편지를 보내 뭐든 도울 일이 있으면 돕겠다고 했다오. 우정이든 돈이든."

줄리언은 잠시 그 말을 가늠해보고 따지듯 물었다.

"편지를 쓰셨군요. 그런데 답장을 받은 적이 있나요?"

"받지도 못했지만 받을 자격도 없었다오. 마지막으로 만났을 때 부친을 얼간이 목사라고 욕을 했지 뭐요. 제안을 거절했다 해도 섭섭해할 자격도 없었지. 이유야 무엇이든 누군가의 신앙을 모욕할 권리는 없지 않겠소? 안 그래요?"

"그렇겠죠."

"당연한 얘기지만, H. K.가 신앙을 버렸을 때 난 자부심을 느꼈다오. 감히 말해도 된다면, 줄리언. 당신에 대해서도 자부심을 느낀다오."

"예? 그러니까 제가 H. K.의 아들이고 책방을 열었기 때문에요?" 줄리언이 탄성을 흘리고는 자신도 모르게 큰 소리로 웃었다.

에드워드의 표정은 심각하기만 했다.

"부친과 마찬가지로 거부할 용기를 지녔기 때문이오. 부친이 하늘의 신을 거부했다면 당신은 탐욕의 신이겠지만 말이요."

"그게 무슨 뜻이죠?"

"런던에서 아주 잘나가는 증권 중개인이었다 들었소만."

"누구한테요?" 줄리언이 집요하게 따져물었다.

"어젯밤, 서점에서 나와 실리아를 설득해서 컴퓨터를 사용했소. 그래서 모두 알게 된 덕분에 큰 비탄에 빠지기도 했다오. 부친, 50세 사망, 독자, 줄리언 제러미."

"실리아가 부인이세요?"

"중심가에서 골동품 가게를 운영하는 실리아말이오. 점점 늘어나는 런던의 부자 내방객들을 상대한다오."

"왜 실리아의 골동품 가게까지 간 겁니까? 그냥 책방에서 얘기하지 않고?"

"사실 긴가민가했소. 당연하잖소? 혹시나 했지만 역시 자신이 없었구려."

"한잔 얼큰하게 걸치기도 하셨더군요."

에드워드는 그 말을 못 들은 척했다.

"이름 때문에 곧바로 끌리기는 했소. 스캔들이 있었다는 정도야 알고 있었지만 드라마가 어떻게 끝났는지는 전혀 몰랐지. 부친의 죽음에 대해서도. H. K.의 아들이라면, 고생깨나 했겠구나 짐작할 뿐이었소."

"제가 그곳을 그만뒀다는 소문은요?" 줄리언이 물었다. 여전히 기분은 썩 좋지 않았다.

"실리아한테 들었소. 갑자기 화려한 삶을 등졌다고 하더군. 그녀도 신기하게 생각하고 있다오."

줄리언은 에드워드의 주장이 어떤 의미인지 얘기하고 싶었다. 아버지가 어려웠을 때 땅을 주겠다고 했다고 했던가? 하지만 노인의 생각은 달랐다. 기운도 크게 회복했는지 눈빛에도 열정이 넘치고 목소리도 예의 화려함과 풍성함을 회복했다.

"줄리언, 부친의 이름으로 말씀드리리다. 우린 불과 몇 시간

사이에 벌써 두 번이나 만나지 않았겠소? 저 넓고 아름다운 지하실에 관한 얘기이오만…… 혹시 그곳에 어떤 보물을 들일지, 어떤 기적을 이룰지 생각해보셨소?"

"아뇨, 사실, 본격적으로 고민해본 적은 없습니다. 선생님은요?" 줄리언이 되물었다.

"어제 만난 이후로 줄곧 그 생각만 했소."

"오, 고마운 말씀이십니다." 줄리언이 대답했지만 살짝 불안도 했다.

"저 미답의 공간을 뭔가 새롭고도 매혹적이면서 독창적인 곳으로 바꾸어 이 마을 교양인, 준교양인 모두의 화젯거리가 되고자 한다면."

"한다면?"

"중고서적 코너도, 마구잡이식 서고도 아닌, 우리 시대, 아니 어느 시대에든 가장 도전적인 영혼들을 위해 특별히 정선한 책들의 전당이어야 하오. 아무것도 모르고 들어왔다가 보다 충만하고 넉넉한 마음으로 떠날 수 있는 그런 공간 말이오. 왜 웃는 거지?"

불과 얼마 전, 서적상이 되겠다고 선언했지만 그 후에야 그 직업에도 나름의 기술과 지식이 있어야 한다는 사실을 깨달은 친구라면, 아무도 몰래 기술과 지식을 익힐 수 있다. 다만 그러는 사이에도 겉으로는 내내 자신의 자질을 사람들에게 과시해 보여야 한다.

그런 쓸데없는 생각을 하면서도, 줄리언은 노인의 아이디어 자체를 믿기 시작했다. 다만 그 사실을 아직 에드워드에게 드러낼 생각은 없었다.

"아, 잠시 아버지 얘기를 듣는 기분이라. 죄송해요, 계속하시죠."

"그저 위대한 소설가들이 아니라, 철학자, 자유사상가, 위대한 운동의 창시자들 얘기요. 우리와 맞지 않는 위인들까지 포함하면 더 좋겠구려. 저 흔해 빠진 문화관료들이 아니라 론즐리의 베터북스가 직접 선정하는 거요. 그런 다음 그 이름을……."

"이름을 뭐로 할까요? 예를 들자면?" 줄리언이 다소 성급하게 물었다.

에드워드는 잠시 뜸을 들이며 줄리언의 기대감을 자극하고 마침내 이렇게 선언했다.

"문학공화국이 어떻겠소."

그는 팔짱을 하고 기대앉아 줄리언의 반응을 살폈다.

실상은 이랬다. 줄리언은 이 얘기가 너무도 오만한 사업계획이며, 심지어 자신의 문화적 결핍을 정확히 파악하고 꺼낸 얘기라 해도(더욱이 여지껏 진의를 의심해온 노인이 아닌가!), 솔직히 에드워드의 원대한 계획은 곧바로 줄리언의 심장을 꿰뚫었다. 이곳에 온 이유도 바로 그래서가 아닌가 말이다.

문학공화국?

그래 그거야.

감이 오잖아.

세련되면서도 보편적인 공명이 있어. 그래, 해보자.

사실, "그럴듯하군요. 한번 생각해보겠습니다."처럼 도시 사람 특유의 판에 박힌 대답보다 더 긍정적으로 반응할 수도 있었다. 그런데, 에드워드가 갑자기 자리를 박차고 일어나 홈부르크모자와 레인코트와 우산을 챙기더니 카운터로 건너가는 것이 아닌가. 지금은 갑자기 아드리아나와 대화에 빠진 듯 보였다.

그런데…… 어느 나라 말로 얘기하는 거지?

줄리언이 듣기에 주방 라디오의 아나운서와 같은 언어였다. 에드워드가 말하면 아드리아나가 웃으며 대답했다. 에드워드는 문으로 향하면서도 내내 얘기를 건네며 웃었다. 그리고 줄리언을 돌아보더니 맥없이 미소를 지어 보였다.

"조금 지쳤구려. 용서하리라 믿으리다. H. K.의 아들을 만나 정말 반가웠소. 진심이요."

"눈치 못 챘습니다. 실제로 대단한 분이시라 생각했죠. 그러니까…… 문학공화국 얘기입니다. 괜찮으시면 잠깐 들르셔서 조언 좀 해주실 수 있을까요."

"내가?"

"물론이죠."

제발트를 알고 책을 사랑하는 학자 출신에 시간 여유도 있는데 아닐 이유가 어디 있겠는가.

"책방 위에 카페를 준비하고 있습니다. 운이 좋으면 다음 주면 문을 열죠. 잠깐 들러서 고언을 들려주세요." 줄리언이 성의를 다해 제안했다.

"너무도 고마운 제안이구려. 어떻게든 시간을 내보리다."

에드워드는 홈부르크모자 아래 은발을 휘날리며 다시 한번 폭풍우 속으로 떠나버렸다. 줄리언은 카운터로 향했다.

"오믈렛이 맛이 없었나 봐요."

"정말 최고였습니다. 양이 많았을 뿐이죠. 그런데 죄송하지만 두 분이 조금 전 어느 나라 말로 대화를 하셨죠?"

"에드바르하고?"

"예, 에드바르."

"폴란드어예요. 에드바르, 착한 폴란드인. 몰랐나요?"

그렇다. 전혀 몰랐다.

"그래요. 그런데 지금 많이 슬퍼요. 아내가 아파서. 얼마 못 살아요. 그것도 모르죠?"

"이사 온 지 얼마 되지 않았습니다."

"키릴은 간호사. 입스위치 병원에서 일해요. 그렇게 말했어요. 키릴, 에드바르와 이제 얘기 안 해요. 쫓아냈어요."

"부인이 쫓아냈다고요?"

"혼자 죽고 싶은 거예요. 가끔 그런 사람 있어요. 죽고 싶은 사람. 그래야 천국 가니까."

"부인도 폴란드 출신인가요?"

"아니, 부인 영국 여자." 그녀가 환히 웃고는 기다란 손가락을 코 아래 대며 대단하지 않느냐는 시늉을 했다. "거스름돈 드려요?"

"아니, 괜찮습니다. 오믈렛 맛있었어요. 고맙습니다."

*

서점에 돌아온 뒤 줄리언은 심각한 고민에 빠졌다. 유명 사기꾼이라면 몇 명 알고 있으나 에드워드가 사기꾼이라면 보통 사기꾼은 아니리라. 맙소사, 아침 8시에 폭우 속에서 헤매는 사람을 어찌 믿는단 말인가. 줄리언이 서점 밖으로 나오는 경우가 거의 없건만, 어떻게 알고 아드리아나 카페까지 쫓아왔을까? 그리고 왜? 의도적으로 찔러보려고? 거리 저 아래에서 우산으로 가리고 섰던 인물이 그였을까?

도대체 무슨 목적으로?

에드워드가 사업을 하고 싶다 한들 부친 동창이라고 동업까지 해야 할 의무는 없지 않나? 그것도 죽어가는 아내한테 쫓겨났다는 사람한테?

그리고 결정적으로…… 수도와 전기가 끊겼다는 사실을 어떻게 알았지?

이런, 이런 쓸데없는 생각이나 하다니. 줄리언은 창피한 마음에 애꿎은 거래점에 전화를 걸어 한바탕 수다를 떨었다. 그리고 컴퓨터 앞에 앉아 아버지의 웨스트컨트리 초등학교 홈페이지에 들어갔다. 학교는 지금 아동성폭행 문제로 시끄러웠다.

확인해보니, 에이번, 테드는 기록에 있었다. 전학생으로 6단계 과정에 등록하고 1년 동안 다녔다.

그래서 검색어를 바꿔가며 찾았지만 실패였다. 에드워드 에이번, 교수 에드워드 에이번, 폴란드인 에드워드 에이번…… 그 비슷한 결과물도 나오지 않았다.

지역 전화번호부에도 에이번이라는 성은 없었고, 온라인 주소 서비스에서도 나오지 않았다.

정오쯤 되자, 수리업자가 연락도 없이 나타나 오후 늦게 떠났다. 수도와 전기도 복구되었다. 저녁나절에는 전 주인의 희귀본 및 중고서적 주문장을 훑어보다가 우연히 에이번이라고 적힌 명함을 보았다. 다만 이름도 주소도 전화번호도 없었다.

남자인지 여자인지 모를 이 에이번은 촘스키 N.이 쓴 하드커버 책에 관심이 있었다. 별 볼 일 없는 폴란드 작가려니 하고 명함을 던져버리려다가 불현듯 촘스키 N.을 검색했다.

놈 촘스키, 무려 100권 이상을 쓴 작가였다. 분석철학자, 인지과학자, 논리학자, 활동가, 미국 자본주의와 외교정책 비평가이며 여러 차례 구금된 바 있다. 세계 최고의 지성인이자 현대 언어학의 아버지로 평가받는 인물이었다.

줄리언은 부엌에서 혼자 식사를 하고 침대에 들었으나 온통 에드워드 또는 에드바르 에이번 생각만 맴돌았다. 지금까지 두 명의 전혀 다른 에이번을 만났건만 얼마나 더 등장할지 또 모를 일이다.

마침내 잠에 빠져들며 어쩌면 또 한 명의 아버지상을 만났는지 모르겠다는 생각이 들었다. 아냐, 아버지라는 인간은 하나면 충분하고도 남아. 그러니 일 없소이다.

3

기막힌 날이다. 날 중의 날, 스튜어트 프록터와 아내 엘렌이 한 달 내내 기대했던 날, 바로 쌍둥이 자녀 잭과 케이트의 스물한 살 생일이다. 신의 가호까지 겹쳤는지 때마침 토요일이었다. 여든일곱인 삼촌 벤부터 생후 석 달 된 조카 티머시까지 3대가 버크셔 언덕의, 스튜어트와 엘렌의 넓고 아름답고 한적한 집과 마당에 모였다.

프록터 가족은 스스로를 한 번도 상류층이라고 생각한 적이 없었다. 교회, 왕실, 부자 같이 권력복합체 얘기만 들어도 사람들은 치를 떤다. 특권계급은 엘리트만큼이나 나쁜 놈들이다. 그의 가족은 영국 남부 출신의 백인으로 개방적이고 진보적이며 근면하다. 신조가 뚜렷하고 헌신적이며 사회의 온갖 계층에서 활동하고 있다. 재산은 위탁했기에 그로 인한 갈등도 없다. 교육에 대해 말하자면, 제일 총명한 아이는 윈체스터에 보내고, 두 번째로 총명한 아이는 말버러에 보냈다. 나머지는 필요나 신념이 이르는 대로 여기저기 공립학교에 보냈다. 투표에서 절대 보수당은 찍지 않았다. 행여 찍고 싶을 경우 절대로 입 밖에 내지 말아야 한다.

지금 수준에서 프록터 가족에는 판사 둘, 왕실 고문 둘, 의사 셋, 신문 발행인 하나가 있었다. 다행히 정치가는 없었다. 그리고 활동 중인 스파이들이 몇 명 되었다. 스튜어트의 백부는 전쟁 내내 리스본에서 이민 장교로 근무했는데 그게 어떤 의미인지 모르는 사람은 없다. 냉전 초기에는 가족의 일원이 알바니아에서 사나운 반란군을 일으켜 그 일로 훈장을 받기도 했다.

여자들 얘기도 해보자면, 예전에 블레츨리파크나 웜우드 스크러브스에 갇혀보지 않은 가족은 거의 없었다. 비슷한 계층의 가문이 다 그렇듯, 프록터 가문 또한 브리튼 지배 계급의 성소가 첩보기관이라는 정도는 날 때부터 알고 있었다. 겉으로 표현은 하지 않아도, 그런 식의 인식은 프록터 가문에게 특별한 유대감을 제공했다.

스튜어트도 그렇다. 그가 무슨 일을 하는지, 왜 하는지 묻는 자는 얼간이뿐이다. 이제 쉰다섯 살, 사반세기 동안 런던의 외무부에서 일하거나 외교의 전초기지들을 떠돌았지만 한 번도 대사가 된 적은 없다. 무슨 차관 자리에 앉거나 작위를 받지도 못했다.

그야 아무렴 어떠랴.

어느 맑은 봄날 토요일, 바로 그 가족이 모여 핌스와 프로세코를 마시고 유치한 게임을 하고 쌍둥이의 생일을 축하했다. 생물학과 3학년인 잭과 영문학과 3학년인 케이티, 둘은 공모를 해서 몰래 대학을 빠져나와 금요일 저녁부터 엄마 엘렌을 도와 닭다리를 매리네이드하고 양갈비를 준비하고 숯과 얼음통을 가져왔다. 엘렌은 진과 토닉을 늘 옆에 두었다. 그녀의 주장에 따르면, 알코올 중독이어서가 아니라 요리할 때는 늘 독주를 준비해두어야 한다.

크로케 잔디만큼은 스튜어트의 명령에 따라 손대지 않았다. 저녁 7시 20분에 패딩턴에서 돌아와 깎겠다는 얘기였다. 하지만 결국 하루해가 저물면서 잭이 직접 나서기로 했다. 스튜어트는 급한 문제가 생겨 돌핀광장의 아파트에서 자고, 다음 날 새벽 급행을 잡아타고 달려오기로 한 것이다.

스튜어트가 오지 못할까 걱정도 했다. 런던에 발이 묶일 수도 있지 않는가. 그런데, 오, 신이시여! 토요일 아침 9시 정각, 낡은 녹색 볼보가 빵빵거리며 헝거포드역 방향에서 언덕을 올라오는 것이 아닌가! 스튜어트가 면도도 못 한 얼굴로 씩 웃으며 카레이서처럼 손을 흔들어주었다. 엘렌은 위층에서 남편을 위해 목욕물을 받았다. 케이티는 "엄마, 아빠 와요!" 고함을 치고 부랴부랴 베이컨과 달걀을 올렸다. 엘렌도 고함을 쳤다. "주여, 저 불쌍한 사내에게 기회를 주소서!" 엘렌은 아일랜드인이고 위기가 끝나면 더욱 더 아일랜드인다워졌다.

마침내 모든 일이 동시에 터지기 시작했다. 잭이 거실에서 옮겨다 놓은 라디오에서 록음악이 쾅쾅 울리고, 스파르타식 수영장에서 춤을 추고, 쌍둥이의 옛 모래밭에서는 아이들이 여섯 명씩 짝을 지어 크로케를 하고, 잭과 케이티와 대학 친구들은 바비큐에 흠뻑 빠져 있고, 엘렌은 롱드레스와 카디건으로 한껏 모양을 낸 뒤 귀부인처럼 느긋하게 수영장 의자에 앉았다. 특유의 황갈색 머리엔 헐렁한 밀짚모자를 썼다. 스튜어트는 틈만 나면 몰래 싱크대 밀실로 빠져나가 특급보안의 녹색 전화기로 통화를 했다. 최대한 단어를 신중하게 선택했지만 그나마 말은 거의 하지 않았다. 그러고는 몇 분 후 빠져나오면, 예의 세심하고 겸손하고 유쾌한 집주인 역할로 돌아와 늙은 고모나 새 이웃한테 인사를 건넸다. 핌스 잔을 보고 재빨리 채우거나 자칫 손님이 밟고 넘어질 뻔한 프로세코 빈 병을 치웠다.

이윽고 쌀쌀한 저녁이 되고 가까운 가족과 중요한 인사들만 남았다. 스튜어트는 몰래 밀실을 다녀온 후, 거실의 벡슈타인 피아노에 자리를 잡고 〈플랑드르와 스완〉, 〈히포포타무스〉를, 그리고 앙코르 곡으로 노엘 코워드의 〈워딩턴 부인〉을 연주했다. "무릎을 꿇고 간청하오니, 워딩턴 부인, 제발 워딩턴 부인." 사실 누군가의 생일 때마다 들려주던 연주였으나 이번엔 딸을 무대 위로 부르지 않았다.

어린 손님들도 노래를 따라 불렀다. 희한하게 달콤한 마리화나 냄새가 바람을 타고 들었다. 처음에는 스튜어트도 엘렌도 모르는 척했으나 갑자기 엄청 피곤하다는 생각이 들었다. 그래서 "늙은이들은 일찍 자야 한다오. 용서해주오." 인사를 하고 2층 침실로 올라갔다.

*

"여보, 무슨 일이야, 응? 아침에 집에 온 이후로 뜨거운 양철지붕 위의 고양이처럼 굴었잖아." 엘렌이 화장 거울을 보며 아일랜드 억양의 상냥한 말투로 물었다.

"아무 일 없는데? 파티도 잘 이끌었고 노래도 기가 막히게 불렀고 당신 이모 메건하고 30분이나 얘기하고 크로케로 잭을 박살 냈어. 어떻게 더 하라고?"

엘렌은 조심스럽게 다이아몬드 귀걸이를 떼어냈다. 우선 귀 뒤의 고정장치를 풀고 귀걸이를 공단 상자에 넣은 다음 상자는 화장대 왼쪽 서랍에 집어넣었다.

"지금도 양철지붕 위 고양이잖아. 자기를 봐요. 아직 옷도 벗지 않았는걸."

"11시에 녹색 전화기로 전화가 올 거야. 잠옷과 슬리퍼 차림으로 아이들 앞에서 어슬렁거릴 수는 없잖아. 그럼 아흔 살 먹은 노인 같을 테니."

"그럼 이제 모두 박살 나는 거야? 또 그런 일인가?" 엘렌이 물었다.

"아무것도 아니야. 자기도 알잖아. 난 걱정하라고 돈을 받는 사람이야."

"이런, 그렇게 괴롭히려면 떼돈이나 주든가. 부에노스아이레스 이후가 지금보다 훨씬 나았어."

스튜어트는 포클랜드전쟁 발발 직전 부에노스아이레스에서 기지 국장으로 일했다. 엘렌은 2인자였다. 더블린, 트리니

티 중퇴생 엘렌 역시 전직 첩보 요원이다. 첩보국 절반 정도는 스튜어트처럼 파트너도 반드시 첩보국 출신에서 선택해야 한다.

"또 다시 전쟁할 생각은 없어. 자기가 원할지는 몰라도." 스튜어트는 농담처럼 말했지만 농담이 되는지는 자신이 없었다.

엘렌은 한 쪽 뺨을 거울에 대고 클렌저를 찍어 발랐다.

"지금 하는 일도 국내 안보 사건이야?"

"맞아."

"나한테 말 못 하겠지? 역시 그런 종류인가?"

"그런 종류 맞아. 미안."

다른 뺨.

"아무튼 당신이 쫓는 게 여자 맞지? 당신한테서 여자 냄새가 나거든."

결혼한 지 25년이지만 엘렌의 정신적 비약엔 늘 감탄하고 만다.

"맞아, 여자."

"첩보국 소속이야?"

"통과."

"전직 요원?"

"통과."

"우리가 아는 사람?"

"통과."

"그 여자하고 잤어?"

결혼하고 지금껏 그런 질문을 한 적이 없다. 그런데 오늘 밤은 왜? 오랫동안 벼르던 튀르키예 여행에 나서기 불과 일주일 전에? 리딩 대학의 젊고 잘생긴 고고학자가 인솔한다고 했던가?

"내 기억으로는 아니야. 소문에 의하면 해당 여성은 고위직하고만 잔다더군."

저급한 데다 너무 사실에 가깝다. 괜한 말을 했군. 엘렌은 화려한 황갈색 머리를 풀어 맨 어깨 위로 늘어뜨렸다. 태초 이후 미인들만 해오던 습관 같은 행동이리라.

"음, 아무튼 조심했으면 좋겠어, 스튜어트. 내일 새벽기차 타야 해?"

"아무래도 그래야 할 것 같아."

"아이들한테는 코브라 회의[1]라고 할게. 그럼 난리가 날 거야."

"맙소사, 코브라하고는 거리가 멀어." 스튜어트가 항변했지

1 각료, 경찰, 첩보국 요원들이 모이는 일종의 비상대책 회의를 일컫는다.

만 당연히 소용은 없었다.

엘렌은 한쪽 눈 아래에서 기미를 발견하고 화장솜으로 두드렸다.

"설마 밤새도록 싱크대 밑에 숨을 생각은 아니지, 스튜어트? 싱크대는 원래 여인의 삶을 허비하게 만드는 곳이잖아. 이젠 남자까지 그래야 하나?"

싱크대로 가는데 복도마다 아이들 떠드는 소리가 들렸다. 녹색 전화기는 우편함처럼 생긴 붉은 받침돌 위에 놓여 있었다. 5년 전 설치할 때 엘렌이 갑자기 변덕을 부려 그 위에 찻주전자 덮개를 올려놓았는데 그 후로 계속 그곳에 있었다.

4

에드워드와 두 번 마주친 다음 주는 정신이 하나도 없었다.

이웃집이 몰래 확장공사를 하는 바람에 저장실이 햇빛을 받지 못할 위기에 처했다.

어느 날 저녁 지역 사서 협의회에서 돌아와 보니 벨라는 없고 가게 문은 잠겨 있었다. 카운터에 꽃무늬 카드가 있어 열어 보니 벨라가 어느 덴마크 어부와 결혼한다는 내용이 적혀 있었다.

그리고 지하실, 문학공화국 성지로 만들기로 결심했건만 안타깝게도 습도가 점점 올라가고 있었다.

하지만 이런 재난들에도 불구하고, 줄리언은 에드워드의 수많은 얼굴을 뇌리에서 떼어낼 수가 없었다. 홈부르크모자 차림에 에드워드의 레인코트를 입은 그림자가 고개도 돌리지 않고 가게 창문을 스쳐 지나가는 줄 알고 깜짝 놀란 적도 한두 번이 아니다. 왜 들어오지 않고 그냥 지나가지? 책 안 사도 되는데? 에드워드, 에드바르, 당신이 누구든 간에 말이요.

에드워드의 원대한 계획은 생각할수록 그럴 듯했다. 하지만 그 이름으로 괜찮을까? 너무 거창하지 않나? 차라리 독자공화국이 더 호소력이 있지 않을까? 독자왕국이나 독자천국은 어떨까? 아니면 론즐리의 독자공화국? 아예 더 거창하게 문화공화국으로 나갈까?

에드워드가 더 이상 나타나지 않기에 상의할 사람도 없었다. 줄리언은 입스위치의 인쇄소에 가서 지역 잡지에 실을 전면광고용 도안을 몇 가지 만들었다. 그런데 아무리 생각해도 에드워드의 제안이 제일 마음에 들었다.

혼란스러운 와중에도 자신과 아버지에 대한 에드워드의 주제넘은 가설은 끊임없이 그를 괴롭혔다.

내가 런던에서 탈출했다고? 말도 안 돼. 나는 태어날 때부터 철저한 약탈자이자 불신자였다. 왔노라, 훔쳤노라, 정복했노라, 떠났노라. 이야기 끝.

불쌍한 아버지라면 또 모르겠다. H. K.는 일종의 종교적 망명자였다. 교구 내 독실한 여성 절반을 따먹으면 주님도 그만 쫑 내자고 결심할 것이다.

심금을 울리는 우정이나 돈은 또 어떤가. 에드워드가 곤경에 빠진 옛친구 H. K.에게 돈이든 우정이든 다 주려 했다지 않는가.

(상처받은 채 은퇴한) H. K. 론즐리 목사에 대해 어떤 말을 하든 간에 일단 쓸데없는 쓰레기를 모아두는 문제라면 그를 당해낼 자가 없었다. 아버지는 아무리 사소한 것도 실존하지 않는 미래의 전기작가들을 위해 모아두었다. 설교노트, 미지급 청구서, 편지(버림 받은 여자, 분노한 남편, 상인, 주교, 어느 누가 보낸 편지든). 그의 병적, 강박적 그물을 빠져나가지 못했다.

그 산더미 같은 쓰레기 중에 당연히 친구들의 편지도 들어 있었다. 한둘은 실제로 도와주겠다고 나서기도 했지만, 옛 동급생 에드워드, 에드바르, 테드, 테디는 아니었다.

어떤 점에서는 이런 식의 모순이 원인이었다. 거기에 습도 문제를 해결하고 어서 빨리 문학공화국을 시작하고 싶은 조바심까지 겹쳐, 줄리언은 남은 망설임까지 밀쳐내고 결국 동료에게 전화를 넣고 말았다. 바로 중심가 포도원에 있는 실리아의 골동품 가게의 실리아 메리듀 양이다. 일단은 마을 미술축제의 부활에 대해 상의하고 싶다고 핑계를 댔다.

*

실리아는 현관 계단에서 기다렸다. 예순 정도의 나이? 두 발을 벌린 채 앉아 찬란한 햇살을 받으며 시가릴로를 피우고 있었다. 녹색과 오렌지색이 섞인 기모노를 입고 커다란 가슴은 번쩍거리는 목걸이로 장식하고 적갈색 머리는 쪽을 지고 일본 빗으로 고정했다.

"한 푼도 못 내요, 줄리언." 그가 다가가자 그녀가 유쾌한 목소리로 경고했다. 줄리언은 그저 정신적 지원만 구할 뿐이라고 말했다. "번지수를 잘못 찾았수. 차라리 콩 한 알이 낫지. 자, 들어와서 진이나 듭시다."

현관 유리문에 휘갈겨 쓴 안내장이 붙어 있었다. 〈고양이 중성화 시술 무료〉. 실리아의 거실은 안쪽 깊이 처박혀 있었다. 야릇한 악취와 망가진 가구. 더러운 시계들과 박제 올빼미들. 실리아는 구형 냉장고에서 은제 찻주전자(손잡이에 아직 가격표가 붙어 있었다)를 꺼내 빅토리아풍의 술잔 두 개에 진칵테일을 따랐다. 오늘 그녀의 불만은 새로 문을 연 슈퍼마켓이었다.

"그 새끼들 때문에 돌아버리겠어. 망할 놈들 목적이야 뻔하잖수. 우리 힘없는 장사치들은 손가락이나 빨아라 이거지. 두고 봐, 당신이 입에 풀칠이라도 할 만하면, 곧바로 그 옆에 대형서점을 열 거유. 당신이 손가락 빨 때까지 마구 후려치겠지. 오케이, 그놈의 축제 얘기도 해봅시다. 날지 못하는 땅벌이 날아다닌다는 얘기는 들어봤어도 죽은 땅벌을 날게 한다는 얘기는 금시초문이우."

줄리언도 연습해온 동작까지 써가며 열심히 꼬드겼다. 비공식으로라도 기획팀을 만들어 가능성을 타진해보는 게 어때요? 실리아가 모임을 빛내주면 좋겠는데요. 그가 말했다.

"버나드가 도와주면야 또 모르지."

버나드, 실리아의 남편. 정원사이자 프리메이슨, 파트타임으로 부동산 중개인으로 일하며, 시의회 기획위원장이기도 했다. 줄리언도 버나드가 오면 대단히 큰 도움이 될 거라고 답해주었다.

실리아는 잡담을 던지며 줄리언을 어느 정도 가늠했다. 줄리언도 개의치 않았다. 채소가게 존스는 어때요? 시장 정부년이 임신했거든? 시장 부인 빼고 세상 사람이 다 아는데, 그래도 시장을 지지했잖아? 교회 뒤에 짓고 있는 저 예쁘장한 집들은? 부동산업자와 변호사가 제 몫을 챙기고 나면 비싸서 아무도 사지 못할 텐데?

"그래도 우린 퍼블릭스쿨 출신이잖수? 이튼에 다녔거든. 국공립학교하고 진배없잖아?"

아뇨, 실리아, 전 주립학교입니다.

"음, 자기 영어가 세련되어서 그래. 버나드도 그렇거든. 애인은 생겼수, 응?" 실리아는 여전히 노골적으로 줄리언을 감정하려 들었다.

아뇨, 아직은. 예, 다른 일이 많아서요.

"그래도, 여자는 다들 좋아하잖아, 안 그러우?"

예, 저도 여자 좋아합니다. 아주아주. 줄리언은 대답하면서도 내내 신중했다. 노골적으로 의도를 드러내지 않아야 했다. 실리아가 술병을 기울여 잔을 채워주었다.

"자기 얘기 들은 것도 한두 가지 뿐이라우. 기분 나쁠지 모르겠지만 그래도 속 시원한 게 좋겠지? 장사를 아주 잘했다면서? 그 분야 귀신이라고들 하더라구. 그리고 적보다 친구가 많다는 얘기도. 사람들 말이, 클럽하우스에선 아주 드문 일이라더라구요. 거기야 먹고 먹히는 곳이잖수? 그런 데서 어떻게 산대? 죽은 사람 흉보는 것도 안 된다며?" 실리아는 롱스커트를 살짝 들어 올리고 두 다리를 꼰 채 진을 홀짝이면서 쉴 새 없이 재잘댔다.

마침내 기회가 왔다. 한두 번 기회를 놓쳤지만 마침내 마감

시간에 서점에 들어온 별난 손님 얘기를 하게 된 것이다. 이미 몇 잔 걸친 채 들어와 가게를 샅샅이 조사하고도 줄리언에게 30분 이상 말을 시키고는 책 한 권 사지 않은 노신사 얘기 말이다…… 다만 줄리언의 얘기는 거기에서 끝나고 말았다.

실리아가 짐짓 화를 내는 척했다.

"테디가 그렇지 뭐! 정말 뜬금없는 사람이라니까! 여기도 막 들어와서 컴퓨터를 뒤지더라고. 그런데, 자기 부친께서 돌아가신 걸 알고는…… 그 양반도 마음고생이 심하잖아…… 오, 맙소사, 이런." 실리아가 고개를 저었다. 줄리언은 그 말을 작고한 아버지와 에드워드의 병든 아내 얘기라고 여겼다.

"불쌍하고 불쌍한 테디." 그녀가 말을 이어갔다. 반짝이는 두 눈이 다시 줄리언을 탐색하고 나섰다. 그러고는 이어서. "그 양반하고 무슨 거래를 한 것은 아니겠지, 응? 자기가 거물일 때?" 실리아는 애써 순진한 척하며 물었다. "직접적이든 간접적이든? 아니면 거기에서는 뭐라더라? 거래 관계? 그런 거야?"

"거래요? 클럽하우스에서? 에드워드 에이번과? 며칠 전에 처음 뵌걸요. 다음 날 아침에 우연히 마주치기는 했지만……." 문득 불쾌한 생각이 들었다. "…… 왜요? 그분하고 엮이지 말라는 말씀이신가요?"

실리아는 질문을 못 들은 척하고 예리한 눈으로 계속 그를 탐색했다.

"나한테는 아주 좋은 친구라오. 알잖수. 에드워드 에이번은 아주 특별한 사람이라니까." 실리아가 비꼬듯 내뱉었다.

"캐묻자는 게 아니에요, 실리아." 줄리언이 황급히 끼어들었으나 실리아는 이번에도 못 들은 척했다.

"자기 생각보다 더 특별한 게 있다오. 버나드 말고는 아는 사람들도 거의 없는 얘기야." 실리아는 진을 홀짝거리며 여전히 줄리언 눈치를 살폈다. "그렇다고 자기한테까지 숨길 것도 아니지, 뭐. 런던에 아는 사람도 많은 거 아니유? 물론 다른 데 가서 떠들까 봐 그게 좀 걱정이긴 하네. 아니면, 알려줄 얘기가 있긴 하다우. 아, 듣기로는 자기도 알 만큼 아는 것 같긴 하던데…… 아무튼 괜찮을까?"

"나를 믿어도 되냐고요?"

"그렇게 묻잖수."

"음, 그건 직접 판단해야 할 일이에요, 실리아." 줄리언이 딱 잘라 말했다. 그때쯤 자신이 뭐라고 해도 실리아를 막지 못한다고 판단을 내린 것이다.

*

이야기가 아주아주 길어요. 실리아가 이야기를 시작했다. 벌써 10년 전이었다. 테디가 어느 일요일 아침 캐리어를 들고 골동품 가게의 문으로 슬며시 들어왔다. 캐리어를 휴지로 가득 채웠는데 그가 중국 도자기 하나를 꺼내 카운터 위에 놓더니 그녀에게 인사를 하면서 그게 얼마짜리라고 생각하는지 물었다.

"팔러 온 거예요? 사러 온 거예요? 내가 물었지. 모르는 사람이니까, 응? 그가 안으로 들어오더니 자기가 테디라는 거야. 되게 친한 사이라도 되는 것처럼 말이우. 그런데 난 처음 보거든? 그래서 내가 그랬지. 지금 무료 감정을 해달라는 거예요? 나보고 굶어 죽으라는 얘긴가요? 내가 얼마라고 말하든 간에 그건 완전히 똥값이라고요. 그랬더니, 이런, 실리아, 그러지 마시고 대강이라도 알려줘요, 라는 거야. 내가 그랬어. 만일 내가 산다면 10파운드 주겠다고 했지. 그것도 후하게 쳐주는 거라고. 그러니까, 1만 파운드만 내래. 그럼 넘기겠다고. 그러더니 내게 소더비의 감정서를 보여주더라고. 8000파운드. 이런, 난 생전 처음 보는 양반이잖아, 안 그래요? 사기꾼인지 아닌지 어떻게 알겠어? 게다가 외국인 비슷하게 생긴 데다 난 명나라 청화백자에 대해선 아무것도 모르는데? 아, 중국 도자기라는 정도는 짐작할 수 있었지. 그래서 내가 물었수. 도대체 당신이 누구요? 성이 에이번, 이름이 에드워드라고 하더라고. 내가 되물었지. 저기 실버뷰의 데버라 가튼과 결혼한 에이번은 아니죠? 그랬더니 그래요. 에이번이 맞지만 나한테는 테디라고 부르래. 자기가 바로 테디보이[2]라는 거야."

줄리언도 모르는 얘기다.

"실버뷰라고요?"

마을 반대편에 있는 크고 어두운 집 있잖수. 급수탑 언덕 중간쯤에. 예쁜 정원이 있고…… 아 지금은 없던가? 예전에 대령이 살 때는 메이플스라고 불렀는데 데버라가 물려받은 후엔 실버뷰가 되었지. 이유는 나도 모른다오.

대령은 누구죠? 줄리언이 물었다. 이 기이한 무대의 에드워드는 상상하기가 쉽지 않았다.

대령은 데버라의 부친이자, 마을의 후원자, 미술수집가, 마을 도서관의 설립자 겸 후원자였다. 버나드가 그와 계약을 맺고 그 집 정원을 관리했는데 데버라는 지금도 가끔 버나드를 부른다고 했다.

2 1950~1960년대 에드워드 7세 시대의 화려한 복장을 즐겨 입던 영국의 불량 청소년.

대령이 귀한 청화백자를 딸에게 전부 물려준 거요. 실로 엄청난 수집품이었지. 실리아가 한숨을 내쉬며 이어갔다.

"그러니까 테디가 가문의 도자기를 팔아치울 생각이었군요." 줄리언이 넌지시 넘겨짚자 실리아가 놀라 입을 벌렸다 다물었다.

"테디가? 자기 아내한테서 유산을 빼돌려? 세상에, 그럴 리가 있겠수! 테디는 도덕군자 같은 사람이우. 물론이지. 그런 얘기일랑 입 벙긋하지도 말아요. 세상에나!"

이제 꾸중을 했으니 새로운 얘기가 나올 것이다.

테디가 은퇴하면서 하려던 일은 대령의 위대한 수집품을 최고 수준으로 끌어올리는 거였다오.

좋은 물건을 사거나 구할 수도 있었다. 에드워드는 외국에서 가르치면서 벌어들인 돈을 투자하겠다고 했다. 그가 가르친 곳은 목숨을 걸 정도로 아주 위험한 나라들이었다고 들었단다. 데버라는 특수법인인지 뭔지 하는 일 때문에 멀리 떠나 있었다.

"테디는 나를 중계자, 척후병, 추적자, 대변인으로 삼아 아주 은밀하고 내밀한 거래를 하려고 했다오. 절대 드러나지 않도록. 기본 수고비로 매년 현찰 2000파운드에 매년 거래 총액의 일정 비율을 커미션으로 주겠다지 뭐유. 역시 현찰이었수.

세금으로 국세청 눈치 볼 필요 없게 말이우. 내가 뭐라고 했겠수? 아니, 자기라면 어떻게 나왔겠수?"

"이 가게에 잠깐 들어와 그 얘기를 모두 했어요?" 줄리언이 탄성을 흘렸다. 미래 문학공화국의 공동설립자이자 고문이 된 것도 기이할 정도로 초스피드였다. 기껏 치즈 오믈렛 먹는 동안이 아니었던가.

"세 번이었다오. 한 번은 그날 오후, 그리고 다음 날 아침. 10파운드짜리로 2000파운드를 봉투에 넣어 왔더군. 내가 수락하는 순간을 위해 준비해왔다고 했수. 그가 거래를 트고나서 내가 나서서 구입하면 된다고 했지. 보수도 사실 나쁘지 않았어. 자기가 막후에서 모두 한다고 했으니까."

그래서 뭐라고 대답했어요?

"남편 버나드한테 상의하겠다고 했지. 그러고는 이렇게 물었지. 사실, 그를 더 잘 알았다면 진작에 그렇게 물었어야 했어. 맙소사, 왜 나한테 왔죠? 토피 사탕 가게에 최고급 청화백자를 팔러 온 것도 아니잖아요. 사러 온 것도 아니고. 게다가 요즘에는 모두 컴퓨터로 이베이에서 한다고요. 하지만 난 컴퓨터도 없고 사용법도 모른단 말이에요. 나하고 남편은 러다이트예요. 이 마을 사람들은 다 알아요. 우리가 러다이트라는 사실을. 그래도 상관없어요? 그 양반 대답이, 이미 알고 있고 머릿속으로도 다 계산했다는 거유. 나한테 그러는 거야. 실리아, 그냥 가만히 있으면 돼요. 손가락 하나 까딱할 필요 없어요. 일은 내가 다 처리하니까. 컴퓨터도 내가 사고 설치도, 다루기도 내가 합니다. 살 물건, 팔 물건도 내가 골라요. 경매가도 내가 공부합니다. 실리아는 그냥 얘기만 하면 돼요. 필요할 때 내 고객의 대리인이 되어 내 지침을 받아 움직이는 겁니다. 앞에 나서기 싫어서 그래요. 그냥 뒤에서 은퇴생활이나 즐기고 싶어요."

실리아가 입술을 내밀더니 진을 홀짝이고 시가릴로를 한 모금 빨았다.

"그래서 그 일을 했어요, 두 분이서? 10년 동안이라고 했죠? 테디가 거래를 하고, 실리아는 의뢰비용과 커미션을 챙기고?" 줄리언은 어안이 벙벙했다.

*

줄리언의 당혹감은 이제 난감함으로 바뀌었다. 실리아의 안색이 갑자기 어두워진 것이다.

10년 전, 첫날 이후 만사형통이었다. 컴퓨터는 제때에 들어와 자리를 잡았다…… 저기 접이식 책상 보여요? 지금 앉아 있는 자리에서 2미터도 안 되는 거리에? 에드워드는 내킬 때마다 나타났다. 때로는 며칠에 한 번, 때로는 몇 주에 한 번. 그리고 의자에 앉아 카탈로그와 거래장들을 검토했다. 그가 목표를 찍어주면 두 사람은 진을 마시며, 실리아가 전화를 걸고 거래를 이끌었다.

그러면 매달, 비가 오나 해가 뜨나, 실리아에게 봉투가 들어왔다. 돈은 세어보지도 않았다. 그만큼 둘 사이에 신뢰가 깊었다. 에드워드가 멀리 출장을 가면(종종 그랬다오), 등기우편으로 봉투가 배달되었는데, 그대의 아름다운 눈동자가 그립다느니 하는 바보 같은 연서도 들어 있었다. 테디는 늘 최선을 다하는 사람이었다. 젊었을 때 여자깨나 울렸을 거유. 실리아가 말했다.

"무슨 일로 출장을 갔죠, 실리아?"

"국제 업무였지. 교육 같은 일 있잖우? 에드워드는 지식인이니까." 실리아가 자랑스럽게 대답했다.

다시 한숨. 조심스레 옷깃을 잡아당기는 모습이, 행여 실수로 괜한 정보를 흘리지 않았나 걱정하는 듯했다. 아무튼 천국에서의 10년 얘기도 막바지에 이르렀다.

일주일 전, 일요일 밤 11시, 전화벨이 울렸다. 실리아와 버나드는 잠들지 않고 TV를 보고 있었다. 실리아가 전화를 받았다. 데버라의 목소리는 랭커셔와 여왕을 절반씩 섞어놓은 듯했다.

"혹시 실리아 메리듀와 통화할 수 있을까요? 예, 데버라, 나예요. 음, 전할 얘기가 있어서요. 에드워드와 전 중국 청화백자 컬렉션을 당장 처분하기로 마음을 정했어요. 처분한다고요, 데버라? 그 위대한 수집품 말이에요? 예, 실리아, 맞아요. 집에서 내보내고 싶어요. 늦어도 내일까지. 그래서 내가 그랬수. 알았어요, 데버라. 그런데 그걸 어디에 두죠? 그런 엄청난 수집품들을 당장 아무 데나 밀어 넣을 수는 없잖아요? 그랬더니 데버라가 그러는 거야. 실리아, 그동안 에드워드 덕분에 돈 좀 벌었잖아요? 에드워드 말이 실리아한테 넓은 공간이 있다고 하네요. 그곳에 보관하면 안 될까요?

당신네 뒷방에 두지 그래? 한마디 쏘아붙이려다가 그만두었수. 테디 생각해서라도 그럼 안 되겠지. 우린 약속을 정하고 다음 날 오후 4시, 메이플스 아니 실버뷰에 올라갔다우. 버나드는 나무상자와 톱밥을 잔뜩 챙겼지. 난 버블랩과 휴지를 준비했고. 테디가 문에서 기다리고 있었는데 얼굴이 종이처럼 창백하더군. 아내는 위층 내실에서 클래식 음악을 크게 틀어놓고 있고."

실리아는 잠시 머뭇거리다가 다시 이어갔다.

"좋아요. 여자가 아팠어. 미안허우. 두 사람도 지상 최대의 커플처럼 보이지는 않더군. 당연히 아니지. 하지만 테디가 아무리 최악의 상대라도 그렇게 대접하지는 않을 거유. 집 안 전체에서 이상한 냄새도 났수. 자기도 직접 맡지 않으면 무슨 냄새인지 상상도 못 할 거야."

줄리언도 그 느낌을 이해했다. 실리아가 진 한 모금으로 마음을 달랬다.

"그래서 테디한테 조용히 물었다우. 도대체 무슨 일이에요, 테디? 그가 이렇게 대답하더군요. 별일 아니에요, 실리아. 아내가 몸이 많이 안 좋아서 수집을 포기할 수밖에 없었어요. 그뿐이에요. 버나드와 내가 컬렉션을 가게로 모두 옮길 때쯤 자정이 지났지. 내 머릿속도 복잡했수. 보험은 어떻게 하지? 루마니아, 불가리아 사람들도 활보하고 다니잖아? 일단 버나드가 바닥에 담요를 잔뜩 쌓고 난 빅토리아풍의 소파를 그 위에 올려 문을 막아두었다오. 정오쯤 테디가 전화를 했더군. 보통은 전화를 걸지 않거든요. 실리아, 구매자들이 직접 운송을 처리할 거예요. 데버라도 적당한 때에 개별 판매를 진행할 텐데 그건 아내의 권리예요. 그러니 운반과 보험료로 얼마를 지불해야 할지 얘기해줘요. 그래서 내가 그랬지. 돈 문제가 아니에요, 테디. 진심으로. 그냥 무슨 일인지 알고 싶을 뿐이에요. 그러자, 실리아, 어제 말했잖아요. 이제 수집을 그만두는 겁니다. 그렇게 알면 돼요, 라고 하더군요."

다 끝났나? 실리아는 줄리언의 반응을 기다리고 있었다.

"버나드는 뭐라고 했습니까?"

"데버라 병원비가 필요한 모양이라고 하기에 말도 안 된다고 했수. 아버지한테 물려받은 유산도 있고 건강보험도 들었잖아? 누가 알겠수, 자기 사업으로 얼마나 버는지? 저 수집품들만으로 할리스트리트 절반을 사고도 돈이 남을 거유." 실리아가 같잖다는 듯 내뱉고는 시거 꽁초를 비벼 껐다. "그래, 자기는 어떻게 생각해, 줄리언? 머리 좋잖아? 테디가 돌아가신 부친 동창이기도 하고. 아내가 아프다는 이유로 감히 이 실리아를 엿 먹였지만 나도 마음이 약해 빠졌잖우? 가뜩이나 마음고생 하는 사람을 괴롭힐 수야 없지 않겠어? 아무튼 귀한 정보 몇 개는 얻게 될 거유." 실리아는 갑자기 화가 났는지 얼굴이 시뻘개지고 목소리도 올라갔다. "테디가 직접 얘기할 수도 있고, 아니면 청화백자 컬렉션 처리와 관계있는, 클럽 하우스 친구들이나 당신 절친이 해줄지도 모르지. 어쩌면 우리가 책에서 본 중국 백만장자가 덥석 물었을지도 몰라요. 아니면 어느 연합체거나. 그러니까 내 말은……." 다시 고음. "당시 거래에서 동전 한 닢 받지 못했어. 내 말이 조금 귀에 거슬려도 조금만 참구려, 줄리언. 그럼, 내 장사꾼답게 고마움을 표현하리다. 무슨 말인지 아시겠지? 거래를 할 때 나를 청화백자 실리아로 불렀지만, 이젠 그런 말 하지 않겠지? 절대로. 나쁜 놈들! 아, 사이먼일 거예요. 내 금을 사러 온 거요."

방울 소리가 사이먼이 왔음을 알렸다. 실리아는 놀랍도록 민첩하게 일어나 기모노의 주름을 매만지고 적갈색 머리를 일제 빗으로 정리했다.

"뒷문으로 나가요, 줄리언. 저 인간이 내 진열품들을 마구 섞을까 겁나네." 실리아는 부랴부랴 가게로 향했다.

5

화이트홀스트리트 어디쯤 지하토굴에 아버지가 숨어 국가의 정보 세계 전문가들과 회의를 하고 있다. 엘렌이 꾸며낸 남편의 이미지가 그랬다. 아이들이 그 얘기를 좋아하든 그렇지 않든, 정작 본인은 일요일 완행열차 삼등석에 처박혀 있었다. 기차는 철커덩 철커덩 굉음을 내며 이스트앵글리아의 외진 정거장 플랫폼으로 들어서고 있었다. 얼핏 보면 현재보다 과거에 어울릴 사람처럼 보였는데 그 역시 의도한 바였으리라. 이따금 입던 정장, 검은 구두, 남색 셔츠, 평범한 타이. 도시 양반인가? 대개 그렇게 생각했을 법하다. 아니면 일요일 초과근무를 달가워하는 지방의회 의원이라도 상관은 없었다.

객차에 있는 사람들이 대개 그렇듯 그도 문자메시지를 확인했다. 암호문자는 하나도 없었다.

안녕 아빠! 엄마가 집에 없을 때 볼보 써도 돼요? – 잭.
시리아 국경 근처에 가지 마! 아빠한테도 말해!
사랑해, 케이티 – 엄마.

그리고 어젯밤 11시 보좌관인 안토니아에게서 온 메시지도 있었다.

전 세계를 조사했지만 역사적으로 독립한 구역은 기록에 없습니다 – A.

부팀장에게서도 메시지가 왔다.

스튜어트, 제발. 말들이 겁먹잖아요 – B.

보닛에 흰색 표식을 한 공군 트럭이 광장 저 끝에 서 있었다. 병장이 따분한 표정으로 운전석에 앉아 스튜어트를 지켜보았다.

"성함이?"

"피어슨."

병장이 목록을 살펴보았다.

"용건은요?"

"토드를 만나러 왔네."

운전병이 창 너머 손을 내밀기에 스튜어트가 플라스틱 폴더에서 낡은 카드를 꺼내 건넸다. 운전사는 고개를 젓고는 폴더에서 카드를 꺼내 계기반 슬롯에 밀어넣고 잠시 기다렸다가 돌려주었다.

"몇 시에 돌아올지 아십니까?"

"아니."

스튜어트는 운전석에 앉아 쏜살같이 물러나는 들판을 바라보았다. 서픽의 개의 날을 알리는 포스터가 길가 여기저기 붙어 있었다. 이제 곧인가 본데 정확히 언제인지는 모르겠다. 30분 후, 화살 표시가 콘크리트 길을 가리켰다. 길에는 바퀴 자국이 어지럽게 남아 있었고, 길 중앙을 따라 자란 잡초도 무성했다. 그 앞에 육중한 아치형 입구가 할리우드 스튜디오 입구처럼 서 있었다. 기둥 위에 새로 칠한 스핏파이어 전투기가 당장이라도 날아갈 듯 붙박혀 있었다. 스튜어트는 차에서 내렸다. 초병들이 전쟁피로증에 지쳤는지 자동소총을 아기 포대기처럼 끌어안고 있었다. 하늘에는 대영제국, 미국, 나토의 만국기가 축 늘어진 채 늦은 아침 햇살에 일광욕을 하고 있었다.

"몇 시에 돌아오는지 아십니까?"

"아까도 물었잖아. 나도 몰라."

검문소 주변으로 모래주머니를 잔뜩 쌓아놓았다. 안으로 들어가니 기이하게도 색테이프를 잔뜩 걸어두었다. 여군 상사가 회람판을 들고 그의 신분증을 확인했다.

"오늘만 방문인 거죠? 토목업, 영국인 전용, 3번 카테고리. 맞습니까, 피어슨 씨?"

"예, 맞습니다."

"이해하시겠지만, 기지 내에서는 요원이 동행해야 합니다." 상사가 경고했다. 상사는 훈련받은 대로 내내 그의 눈을 노려보았다.

스튜어트는 지프 뒷좌석에 앉았다. 차는 잘 깎은 잔디밭을 느린 속도로 통과했다. 앞좌석에는 상사와 또 다른 운전병이 자리를 잡았다. 스튜어트는 애써 골치 아픈 임무를 피하고, 예비학교에서의 크로케 경기, 부드러운 차, 별관의 롤빵 같은 생각만 했다. 엘렌 생각도 했다. 앞치마를 두르고 부엌을 오가며 누가 아침을 먹을지 기다리는 엘렌. 그녀는 일주일 후, 위대한 고고학 연구를 위해 길을 떠날 것이다. 그런데 언제부터 고대 비잔티움에 그렇게 푹 빠졌지? 정답은 내실 맞은편 방 비어 있는 침대에 여행용 의복을 늘어놓기 시작한 날부터. 아들 잭 생각도 했다. 정치학 공부에 열중하고 클럽에는 덜 나가면 좋으련만. 딸 케이티와 럭비 선수는? 낙태 얘기를 했던가? 아니, 할 필요 없었잖아? 그 애가 원한 것도 아니었으니까? 그리고 불쌍한 릴리. 쏟아지는 빗속에서 유아차를 밀고 계단 아래로 내려가는 모습이 안타까웠는데.

제트엔진의 굉음 덕분에 스튜어트는 화들짝 현실로 돌아왔다. 굉음 뒤로도 사냥 나팔 빽빽거리는 소리와 스피커로 누군가를 호명하는 텍사스 여성의 목소리가 들려왔다. 전문의 엔리코 곤잘레스가 복권에 당첨됐습니다. 녹음된 박수갈채. 현란한 색의 격납고들과 검정색 폭격기들이 가득한 군대식 디즈니랜드를 둘러가고 잡풀 무성한 야산을 내려가자 동그랗게 모여 앉은 녹색 막사들이 보였다. 막사마다 파란 깃발들이 나부꼈다. 깃발에는 영국군 특유의 원형표식을 그려 넣었고 막사촌 주변엔 철망을 둘렀다. 상사는 여전히 회람판을 든 채, 튤립 화단을 돌아 베란다가 딸린 방갈로로 스튜어트를 인도했다. 삼나무 마룻바닥에 어찌나 광을 냈던지 구두 밑면이 바닥에 비칠 정도였다. 허름한 문 위 명패에는 〈지휘관, 영국 연락장교,

노크하고 들어올 것〉이라 적혀 있었다. 스튜어트 또래거나 조금 위로 보이는 사내가 책상에 앉아 파일을 읽고 있었다.

"피어슨 씨가 오셨습니다." 상사의 보고에도 토드는 사인을 마저 마친 다음에야 얼굴을 들었다.

"어서 오세요, 피어슨 씨." 그가 자리에서 일어나며 대충 악수를 청했다. "우리 초면이죠? 일요일에 오시게 해서 죄송합니다. 소중한 주말을 망쳤을까 걱정이네요. 고맙네, 상사."

문이 닫히고 상사의 발소리가 멀어져갔다. 토드는 창가에서서 상사가 튤립 화단을 지나갈 때까지 기다렸다.

"망할, 지금 뭐 하자는 거야, 스튜어트? 쥐새끼처럼 내 기지에 숨어들어와? 맙소사, 여긴 내가 사는 곳이야."

스튜어트는 대답 없이 고갯짓으로 이해한다는 뜻을 표하기만 했다.

"활주로 맞은편의 행크 놈이 전화를 걸어오면 뭐라고 변명할까? '이보게, 토드, 거기 스튜어트가 와 있다며? 함께 건너와서 술이나 한잔하지?' 그럼 뭐라고 할까, 응?"

"나도 당신만큼 유감이야, 토드. 일요일에는 다들 밖에 나가 골프나 칠 줄 알았지. 본부 생각도 그랬고."

"그럼 뭐 하나? 여기도 첩보국 요원들이 있어. 어디를 싸돌아다니는지 어떻게 아나? 물론, 종일은 아니라도 얼마든지 가능성은 있어. 맙소사, 당신은 프록터 박사잖아? 국토안보 수장. 스파이캐처[3] 팀장. 다들 당신을 알아. 누군가 보기라도 하면 어쩌려고 그래? 여기 엄청난 악취가 난다고 할 것 아니야? 그 책임은 전부 내 몫이란 말이야. 아무튼 일단 앉아. 빌어먹을 커피나 한잔하지, 맙소사."

그리고 책상 스피커에 대고 "커피 두 잔 빨리 부탁해요, 벤" 하고는 의자에 풀썩 주저앉아 괴롭다는 듯 손끝으로 이마를 눌렀다.

첩보국 내 보은 인사가 있다 해도(그럴 리 없겠지만) 자격이 있는 사람은 사실 거의 없다. 하지만 충성에 대한 보상이라면 저 치명적 미남 토드는 자격이 넘치고도 남는다. 첩보국에서 최악으로 손꼽히는 지역을 흔들림 없는 충성심으로 근무하면서 두 번의 무공훈장을 받고 그 와중에 두 번 다 아내한테 버림을 받았으니 왜 아니겠는가.

"가족은 다들 잘 있나, 토드? 다들 건강하고 행복하고?" 스튜어트가 자상한 척 안부를 챙겼다.

"잘 지내, 스튜어트, 아주 잘. 이미 들었겠지만 본부에서 임기를 1년 연장해줬네. 그러고 나면 옷 벗겠지. 라운지에 일광

3 방첩기관에서 일하는 사람으로 적의 스파이 활동을 감지해낸다. 원문에서는 'witchfinder'로 표기하고 있다.

욕실을 만들었네. 그럼 집값을 조금이라도 더 올려 받을까 해서. 팔기로 했거든. 아직 고민 중이긴 하지만, 상황이 다소 애매해서." 토드가 대답했다.

"재니스와는 어때?"

"연락하고 지내, 좋은 친구로. 당신도 알다시피 난 여전히 그녀를 너무 사랑하거든. 그녀도 돌아올 생각을 하는 것 같은데 아직 확신이 안 서는 모양이야. 아무튼 함께 노력은 해야지. 엘렌도 잘 지내지?"

"그래, 잘 지내. 막 이스탄불로 출발했는데 자넬 만날 거란 걸 알았다면 안부 전하라고 했을 거야. 아이들은?"

"이제, 다 컸지. 그래도 아이들 방은 그대로 남겨뒀어. 도미닉이 여전히 겉돌기는 해. 그렇게 방황했는데도 달라진 게 없군그래. 첩보국에도 그런 삶을 좋아하는 애들이 있긴 하지. 싫어하는 애들도 있고. 약은 끊었다고 하는데 아이를 치료한 곳에서는 아직 아니라고 하고. 최근에는 요리를 한다나 봐. 늘 요리사가 되고 싶어 했다더군. 난 금시초문이어도 그 애가 그렇다니 그런 줄 알아야지, 뭐. 또 때려치우지 않는 한은."

"매력적인 따님은? 크리스마스 파티에 데려왔었잖아."

"리즈야 걱정할 게 없지. 화가 애인이 근대미술계에서 아주 호평을 받는 모양이야. 그림 좋아하지? 나도 좋아해. 물론 상업적으로 성공하는 건 또 다른 문제지만 말이야. 아내들한테 빼앗기고 남은 돈이 있으면 리즈한테 주려고 해. 빈털터리 되기 전에 놈이 대박 한번 치면 좋으련만." 토드가 그럴 리 없다는 듯 씁쓸하게 웃었다.

"잘되겠지." 스튜어트가 맞장구를 쳤다. 그때 마침 커피가 들어왔다.

*

낡아빠진 체로키를 몰고 텅 빈 활주로를 3킬로미터 정도 질주했다. 속도계가 작동했다면 시속 130킬로미터는 나왔을 것이다. 토드는 비록 몇 초나마 그 옛날, 사막을 횡단하던 화려한 비정규 요원으로 되돌아왔다.

"그러니까 당신이 여기 온 건 순전히 기술적 오류 때문인가? 내가 제대로 읽은 건가?" 그가 소리쳤다. 소음이 장난이 아니었다.

"아니, 맞아." 스튜어트도 큰 소리로 답했다.

"인간적 실수가 아니라 기술적이라 이거지? 이 어린 아가씨처럼."

"정확해."

"일시적 중단 현상이야. 본부에 따르면. 금요일 오후였지."

"욕할 일도 아니지. 기술적 이상일 뿐이니까."

"밤 9시. 어젯밤. 착오가 있었네. 어느 쪽이 나쁘지? 일시적 현상, 아니면 착오?"

"모르겠네. 본부 얘기가 그래. 내가 아니라."

"오늘 아침에 들어왔어. 별 다섯 개짜리 사고라면서? 그런데 어떻게 딱 열 시간 만에 일시적 현상이 사고로 바뀌고 그걸 기술적 오류라고 부르지? 사고는 누가 뭐라 해도 인재야, 안 그래?"

다행히 수동브레이크의 도움으로 차가 멈추었다. 토드는 키를 돌리고 엔진이 정지하기를 기다렸다. 두 사내는 아무 말도 없이 나란히 앉아 있기만 했다.

"이런, 스튜어트, 도대체 어떻게 사고가 기술적일 수 있나? 사고는 사람을 뜻하잖아? 망할 광섬유나 터널이 아니라 개자식들 잘못이란 말이야, 응?" 토드가 다시 따지고 들었다.

스튜어트는 별로 대꾸할 생각이 없었다.

"토드, 내 임무는 긴급히 배관을 조사하고 오작동을 보고하는 것뿐이야. 끝."

"이런, 스튜어트, 당신이 무슨 망할 기술자라도 되나? 당신 사냥개잖아? 내가 알기로는." 토드가 투덜댔다. 둘은 활주로에 내려섰다.

지상회의실은 12미터 길이의 객차로 만들었다. 창문은 없고 한쪽 끝에 TV 스크린을 매달았다. 가짜 창틀에는 왁스플라워를 더하거나 페인트로 푸른 하늘로 그려놓았다. 합판 테이블 하나가 중앙에 있었다. 그 위에 컴퓨터 몇 대가 놓여 있고 양쪽으로 책상의자가 회의실 가득 늘어섰다.

"여기가 당신 팀이 생고생했던 곳인가, 토드?"

"지금도 마찬가지야. 일이 생기면. 자주는 아니지만. 해가 떠 있으면 이 위에서, 비상시에는 지하 호크생추어리에서 하지. 초과근무로."

"호크생추어리?"

"지하 백 미터에 있는 특수 핵 지옥 얘기야. 예전에는 문에 경고문이 있었는데 누군가 뜯어냈지. 〈상상 불가를 상상하는 곳〉. 사실 별로 재미는 없는데 실제로 보면 나도 모르게 웃음이 나온다니까. 한번 둘러볼 텐가?"

"좋지."

지금은 희망자가 점점 줄고는 있지만, 토드가 안내하는 방식은 고위 방문객을 위해 만든 요약 버전이었다. 2년쯤 지나면 내셔널트러스트나 잉글리시헤리티지 같은 단체에서 똑똑하고 세련된 여성이 나와 똑같이 강의할지도 모르겠다. 방문객 계몽을 위해 재편집할 수도 있겠지만.

시설 자체가 냉전의 산물이라지만 스튜어트가 놀랄 만한 얘기는 아니다. 이곳은 단 한 가지 목적을 위해 만들었다. 핵무기를 저장하고 핵무기를 운반하고, 유사시 핵무기 타격을 무력화하고 지휘와 통제를 보호하기 위해.

"지옥에 내려가면 저장실과 터널이 미로처럼 얽혀 있네. 터널은 그 지역 기지를 모두 연결했지. 전투기 부대와 폭격기 부대와 전술폭격기 부대와 전략폭격기 부대와 사령부 모두. 모두 초특급 비밀이었어. 당신과 나한테도. 농담도 있지. 양키들이 이스트앵글리아 땅속을 싸그리 파내고 우리한테는 껍데기만 남겨주었다. 원래 터널에는 케이블용 배관이 있었네. 그런데 케이블 시대가 끝나면서 광섬유가 들어왔지. 바로 여기야. 물론 죽음이 우릴 갈라놓은 후에도 오래오래 남아 있겠지, 응?"

"그렇겠지." 스튜어트도 동의했다.

"그 광섬유 터널에서 우리 폐쇄회로가 나오네. 영원히 우리만 사용하지. 저 세상과는 연결 자체가 없어. 저걸로는 초특가 가전제품을 구입하지도 못하고 스페인 죄수의 간절한 하소연에 답할 수도 없다는 얘기야. 야한 사진을 내려받지도 못하겠지. 철부지 해커 애들이든 덴마크 무정부주의자든 해킹해서

들어오지도 못한다 이 얘기야. 물리적으로 불가능하지. 그런데 본부는 사고를 어디에서 알아낸 거야? 일부러 망가뜨렸다면 모를까……."

토드는 학생용의자에 주저앉아 천장을 올려다보았다. 대답을 기다리는 모양이지만 스튜어트도 안됐다는 표정밖에 줄 게 없었다. 그 역시 이 뻔한 속임수가 언제까지 버틸지 궁금하던 차였다.

*

"당신 팀이 현장에서 실제로 어떻게 일했는지 듣고 싶군. 물론, 소환이 있으면 지금도 일하겠지만 말이야." 스튜어트가 진지하게 부탁했다

두 사람은 초고속으로 토드의 사무실로 돌아와 클럽샌드위치와 다이어트코크를 먹는 중이었다.

"내가 알기론 옛날하고 똑같아." 토드가 마지못해 대답했다.

"얼마나 똑같았지? 지금은?"

"9·11이나 충격과 공포 작전 같은 얘기라면, 스물네 시간 내내 아주 잘 돌아갔네. 기지는 일종의 펜타곤 싱크탱크로 변

신하고 영국인 수행원들까지 됐어. 오성장군들이 비행기를 타고 요요처럼 드나들었네. 랭글리, 나사, 국방부, 백악관여단 등등 최고위직들이었지. 전국의 팀원들도 그랬지. 채텀하우스의 교수, 전략연구소 박사, 올 소울스 대학의 헛똑똑이들, 얼마든지 있었어. 그 먼 데서 와서 하루종일 상상불가를 상상한 거야. 닥터 스트레인지러브처럼 말이야. 아마겟돈을 대비해 비상계획을 짜고, 어디에 레드라인을 설정하고, 누가, 언제 핵무기를 사용할지 등등, 내 봉급 기준을 상회하는 얘기들이었네. 하기야 그자들도 감당 못 할 문제들이었을 거야."

"보다 구체적인 일도 다루었나? 당시에? 아니면 그냥 뜬구름만 잡은 건가?" 스튜어트가 물었다.

"오, 지금도 지역 분과위원회가 두어 개 있네. 구소련 러시아가 하나를 운영하지. 예전엔 동남아시아가 있었지. 어느 시점까지는 중동도 계속 돌렸어."

"어느 시점?"

"부시-블레어 시대, 그땐 최고였지. 그러다가 미국 대통령이 순한 맛으로 변한 다음부터 지지부진해졌네. 스튜어트?"

"어?"

"지금 기술적 사고 때문에 온 것 맞나? 이곳에서 망할 놈의 서류 한 장밖에 나가게 허락한 적이 없거든? 그놈의 마법 회로에 들어간 적도 없고 들어가고 싶지도 않아. 본부에서 뭘 들여다보고 있는 거야, 응?"

"내 생각엔 세계 들여다보고 있어, 토드." 스튜어트가 말했다. 드디어 때가 된 것이다.

*

두 사람은 지옥, 그러니까 내부인들에게 호크생추어리라고 알려진 곳에 서 있었다. 땅속 깊숙이 내려오니 귀가 먹먹했다. 합판으로 만든 회의테이블과 학생의자는 여기도 마찬가지였다. 동면 중인 대형 TV 스크린, 죽 늘어선 컴퓨터들, 머리 위 신통찮은 조명, 모조 창문, 왁스플라워와 푸른 하늘 그림까지 모두 같았다. 천천히 가라앉는 난파선의 느낌, 부패, 세월, 기름 냄새.

"영국은 이쪽, 미국은 저쪽. 컴퓨터는 데이지체인으로 연결했고 데이지체인은 그 자체만으로 기능하네."

"외부 링크는 없나? 전혀?"

"기지들이 이스트앵글리아 전역에 흩어져 있을 때는 있었지. 기지가 폐쇄될 때마다 연결선을 끊었네. 지금 여기가 영국 섬나라의 마지막 미국-영국 전략기지 백 미터 지하야. 특수작

전팀은 배제했고. 기술적 사고를 일으키려면, 알카에다든 중국이든, 저 위 활주로에 엄청난 구멍을 뚫고 아침 전에 달아나야 할 걸세."

"만일 내일 경계경보를 터뜨려서…… 예를 들어, 예전 소련 분과위원회를 긴급 소집한다면…… 이런 식인가? 당신 애들을 기지로 불러 모은 다음 이 아래로 끌고 들어와 비상조치부터 취해? 그리고 채텀하우스에서 무슨무슨 교수가 기차를 놓치면……." 스튜어트는 눈치 못 채게 최대한 진짜 목표와 먼 타깃을 겨냥하고 있었다.

"안됐군."

"중동 분과위원회도 마찬가지일 테고. 거기가 좀 더 바쁘다고 했던가?"

"데버라를 제외하면. 특수상황이라."

"데버라?"

"데비 에이번. 첩보국의 일류 중동 분석가였네. 데비 알지? 언젠가 만났다고 하던데. 만일 개인적인 안보 문제가 생기면 당신한테 찾아가면 되는지 묻더군. 그래서 그렇다고 대답했네."

"지금 '문제가 생기면'이라고 했나, 토드?"

"죽어가고 있네. 본부에서 얘기 않던가? 맙소사. 그거야말로 기술적 오류로군, 망할."

"왜 죽어가지?"

"암. 몇 년 됐어. 호전되었다가 다시 악화하더니 이젠 가망이 없게 됐네. 나한테 전화해서 미안하다고 하더군. 가끔 못되게 굴었다면서. 그래서 내가 그랬지. 가끔이 아니라…… 늘 그랬다고. 내가 엉엉 울었더니 그제야 데버라다워지더군그래. 세상에, 당신한테 전하지도 않았다니."

인사과 사람들이 정신을 차려야 한다는 데 두 사람이 동의했다.

"그때 나한테 그랬네. 당장 링크를 끊어달라고. 더 이상 필요없다면서. 맙소사."

"그게 언젠가, 토드?"

"일주일 전. 다시 전화해서 내가 끊었는지 확인도 했는걸. 전형적인 절차야."

"아까 그랬지? 데비가 어떤 점에서는 예외라고. '데버라를 제외하면'이라고 했어."

"내가? 응, 운이 좋았지. 데비는 여기에서 8킬로미터 떨어진 화려한 맨션에 있어. 부친이 첩보국에 있을 때 구입했는데 나중에 알고 보니 색스문햄 인근 기지와 직통라인 바로 위더라고. 완전히 죽은 곳이지. 중동 큰 건 하나 하던 와중에 펑, 날아갔네. 몸이 좋지 않아 화학치료를 받는 중이었지만 그녀답게 자기편을 저버릴 생각이 없었네. 첩보국도 최고 분석가를 잃고 싶지 않았고. 첩보를 캐기 위해 데비 만한 인물이 없으니까."

토드는 문득 끔찍한 생각이 들었다.

"하지만, 맙소사, 스튜어트. 설마 그 부분을 기술적 사고라고 생각하는 건 아니겠지? 데비는 링크의 말단이었어. 몇 킬로미터 주변으로 아무것도 없었다니까."

스튜어트는 진정하라고 대답해주었다. 첩보국이 뭔가에 집착할 때 어떤 지랄을 하는지 둘 다 너무 잘 알고 있었다.

*

둘은 토드의 집무실에 돌아와 상사가 지프를 몰고 오기를 기다렸다. 대화는 다시 데버라 에이번으로 돌아갔다.

"그 집엔 가본 적이 없네. 이젠 너무 늦었겠지만 데버라가 허락한다면 가보고는 싶군. 첩보국과 데버라의 삶은 전혀 별개니까. 남편이 있다는데 데버라한테 들은 얘기는 아니었네. 떠돌이라고 했던가? 교수라는 얘기도 있고 구호단원이라 전 세계를 돌아다닌다는 얘기도 있고. 애들 얘기는 못 들었네. 언젠가 함께 사는 사람이 있는지 물었더니, 남의 일에 신경 끄라고 하더군. 아무튼 찾아내기는 했나?"

"사고? 아니. 일단 큰 사고는 아닌 것 같군. 그 양반들이 뭘 찾는지 누가 알겠나. 며칠 내에 다시 오지 않으면 끝난 걸로 알고 아이들이나 잘 돌봐주게. 이 나라에 훌륭한 요리사가 많을수록 좋으니까." 때마침 밖에 지프가 도착했다.

스튜어트는 낡은 객차 사이에 있는 화장실 밖에 서서 부팀장에게 문자를 보냈다.

기록 없는 링크 확인. 일주일 전 목표의 요구로 끊김.

사실, 본부에서 지국 연결에 재차 실패한 것으로 보인다고 덧붙이려다가 언제나처럼 참기로 했다.

6

제발트의 《토성의 고리》 열두 권이 특송으로 배달되었다. 줄리언은 첫 권을 집어 들고는 매일 저녁 몇십 쪽씩 읽고, 잠들기 전엔 세계문학의 거장들 이름을 구글링했다.

런던에도 다녀왔다. 아파트도 점검했다. 부동산업자를 만나 급매를 부탁했더니 현재 부동산시장이 천정부지로 치솟고 있으니 두어 달만 미루는 게 어떻겠느냐고 되물었다. 그럼 5만 파운드는 더 벌 수 있다는 것이다.

옛날 생각이 나서 헤어진 여친에게 전화했더니 곧 돈 많은 투자자와 결혼한다는 대답이 돌아왔다. 돈 많은 투자자라니

미심쩍지만 그러고 보니 그녀와 헤어진 지도 자기 생각만큼 오래되지는 않았다. 아무튼 개망신은 당하지 않고 전화를 끊을 수 있었다.

하루는 인근 올드버러 마을에 가서 유명 독립서점 주인들의 얘기를 들었다. 축제와 북클럽을 상의하고 연구하고 배울 것을 다짐도 했다. 하지만 돌아올 때는 아무리 제발트를 많이 읽어도 절대 성공 못 한다는 확신만 커졌다. 그러다가 초여름에 접어들면서 다시 기운을 냈다. 놀랍게도 사람들이 책방에 들어와 책을 사는 것이 아닌가! 에드워드는 보이지 않았다. 세월이 흐르면서 문학공화국의 꿈도 멀어지기만 했다. 데버라가 죽은 걸까? 그런데 듣지 못한 걸까? 지역 신문에도 방송에도 부고는 나오지 않았는데? 실리아와 버나드는 란자로테로 휴가를 떠났다.

"그 담엔 안 왔어요." 아침 조깅을 하다가 카페에 들렀는데 아드리아나도 보지 못했단다. "아내가 그랬는지 몰라요. 에드바르, 이제 집에 있어요."

키릴은?

"키릴은 건강보험 일 안 해요. 나왔어요."

벨라도 그만두었기에 줄리언도 사람을 채용해야 했다. 광고 한번 냈더니 무자격자들이 엄청나게 몰려와 하루에 최소 두 명은 면담을 했다.

그리고 마감 시간. 줄리언은 걷기로 했다. 아침 조깅은 몸을 위해, 저녁 산보는 마음을 위해서다. 책방을 연 후 약속한 일이 하나 있었다. 머지않아 구두를 신고 이 마을 거리를 쾅쾅거리며 돌아다닐 것이다. 여름철 관광객들이 좋아하는 거리가 있다. 그곳에 벽돌과 부싯돌로 지은 노르만 교회는 지난 천 년간 성실한 시민들을 위한 등대인 동시에, 바다에 나간 씩씩한 선원들의 이정표가 되어주었다. 지난해의 안내서에 적힌 내용인데, 새 안내서가 나오기를 기다리는 동안 안내서는 5.96파운드까지 가격이 떨어졌다. 파스텔톤의 빅토리아풍 호텔들, 고풍스러운 하숙집들, 에드워드풍의 장엄한 빌라들이 해안산책로를 따라 늘어서 있었다. 하지만 줄리언은 그런 곳보다 진짜 거리를 걷고 싶었다. 노동자들의 테라스와 어부의 뒷골목이 있는 거리들, 나무가 늘어선 언덕에서 몽돌해변까지 줄자처럼 이어진 그런 거리들 말이다.

마침내 책방의 재정비가 마무리되었다. 지하실 선반 작업이 남았지만 그건 완성의 그날을 위해 남겨두기로 했다. 줄리언은 기분 좋게 도시 풍경을 즐기기로 했다. 그간 새 생활의 경계를 넓히고 옛 습관을 버리고 싶어 온몸이 아플 지경이었다. 에어컨이 있는 헬스클럽, 태양등, 사우나여 바이바이. 사회적으로 무용하고 위태롭기까지 한 대박 기원 술판도, 그에 따른 하룻밤의 정사도 안녕. 런던의 사내는 이제 죽었다. 그저 작은 마을의 꿈 많은 총각 서적상일 뿐.

어쩌다 아름다운 여성들과 눈을 맞추면 쪽팔린 과거가 떠올라 당혹스러웠다. 레이스 커튼 너머 TV 화면이 어른거리는 예쁜 집을 보며 회한에 잠기기도 했다. 하지만 모퉁이를 돌거나 거리를 건너고 나면 다시 마음이 차분해졌다. 그래, 그래, 과거엔 그런 작자였지만 지금이야 안 그렇잖아? 번쩍이는 황금을 버리고 옛 신문의 향기를 찾았잖아. 이제부터 이름에 걸맞은 삶을 만들어가는 거야. 더 나은 삶을 살아가겠어.

매슈는 스물두 살의 실직한 무대디자이너였다. 줄리언은 실의에 빠진 그를 임시로 고용했다. 줄리언의 결의에 의문을 제기한 사람은 매슈뿐이었다. 하루종일 중심가에 비가 억수로 쏟아지는 날, 줄리언은 부츠, 방수복, 방수모 등 완전군장을 하고 있었다. 그때 매슈가 저장실 창고에서 보더니 한심하다는 듯 소리를 질렀다.

"이 날씨에 밖에 나가려는 건 아니죠, 줄리언? 그러다 폐렴에 걸려 죽어요." 그리고 고용주가 대답 없이 미소만 지어 보이자 이렇게 덧붙였다. "왜 그렇게 자학하는지 모르겠군요, 줄리언. 정말 모르겠어요."

*

줄리언은 그렇게 밤마다 정처 없이 싸돌아다녔다. 그러다 보니, 마을 반대편의 숲 우거진 언덕을 터덜터덜 오르고 어느 폐교의 돌담 옆 진창길을 조심조심 건너 비탈길을 내려가다가 거창하게 〈실버뷰〉라 이름 붙인 철문을 만나기도 했다. 포장한 앞마당에 자동차 세 대가 서 있었다. 낡은 랜드로버, 폭스바겐 비틀, 그리고 지역병원 휘장이 붙은 승합차였다.

저택 아래, 두 줄로 된 정원이 바다를 향해 경사지게 펼쳐졌다. 다시 금슬이 좋아진 건가? 줄리언은 실버뷰를 보면서 생각했지만 아무래도 그럴 리는 없었다. 아드리아나와 키릴은 터무니없는 얘기를 했다. 에드워드는 그 순간에도 성실하게 데버라의 침대를 지키고 있을 것이다. 줄리언도 그렇게 지옥 같은 요양원에서 모친의 침대를 지켰다. 오래된 음식과 노년의 악취가 진동하고 낡아빠진 트롤리가 덜컥거리고 저임금 간호사들의 수다가 복도를 울리는 곳에서 말이다.

나중에 알았지만 그 집에 다른 풍경이 숨어 있었다. 가택침입 소지가 없지 않지만 줄리언은 개의치 않았다. 언덕 아래로 100미터쯤 내려가면 새로 문을 연 의료원이 있었다. 뒤쪽 주차장을 가로지르고, 위험하니 절대 들어오지 말라는 신경질적인 경고문은 살짝 무시하고 철망 아래로 파고 들어가 변전소 옆 잡석 무더기를 기어오르면 바로 그곳에서 그 집이 보였다. 지상층에 커다란 프랑스식 창문이 있지만 두터운 커튼 탓에 은은한 불빛이 보일 뿐이었다. 다섯 번째 창문은 부엌용일 것이다. 2층에도 창문들이 여럿 있지만 불이 켜진 곳은 양쪽 끝의 두 방뿐이었다.

그렇게 무단침입을 감행하던 어느 날, 어느 창문에선가 실제로 에드워드를 보기도 했다. 백발노인의 그림자가 외로이 방안을 오락가락했다. 어쩌면 줄리언이 간절히 바란 덕분에 그가 다시 나타났을 수도 있다. 다음 날은 미적거리는 시의회에 나가, 오전 내내 미술 축제의 매력에 대해 떠들었다. 저녁 무렵 문을 닫을 즈음, 그가 책방 입구에 나타나더니 들어가도 되느냐고 묻는 것이 아닌가. 예의 홈부르크모자와 황갈색 레인코트 차림으로!

"성가시게 한 건 아니겠지, 줄리언? 잠시 시간 좀 내주겠나?"

"얼마든지요!" 줄리언이 활짝 웃으며 외쳤다. 악수할 때의 손힘이 예전 못지않아 이번에도 움찔하고 말았다.

에드워드를 곧바로 텅 빈 지하실로 끌고 가고 싶었지만 아직은 참기로 했다. 먼저 해결해야 할 문제가 있었다. 그런 목적

때문에라도, 새로 개업한 커피숍이 썩 마음에 들지는 않았다.

*

걸리버는 책을 좋아하는 어머니와 아이들을 위한 미끼였다. 위치는 마술 계단 꼭대기. 마술 계단인 이유는 빨간 모자의 요정과 아기도깨비들을 잔뜩 그려 넣었기 때문이다. 벽에는 상냥한 걸리버가 소인들에게 책을 나눠주는 그림을 그리고 아이용 플라스틱 의자, 테이블, 책장들이 마룻바닥을 장식했다. 커피 카운터 뒤쪽도 걸리버풍의 핑크색 거울이 벽 전체를 덮었다.

줄리언은 새 기계에서 더블에스프레소 두 잔을 빼왔다. 에드워드는 레인코트 주머니에서 휴대용 술병을 꺼내 두 잔에 스카치를 조금씩 더했다. 이 눈치 빠른 사나이가 벌써 알아챈 걸까? 줄리언은 천장의 불빛으로 에드워드를 살펴보았다. 변했다. 아내가 죽어간다는데 왜 변화가 없겠는가. 눈은 움푹 들어가고 턱은 더 단단하고 단호해졌으며 현란한 백발은 더 단정해졌다. 하지만 전염성 강한 미소만큼은 여전히 매력 만점이었다.

"괜찮으시면 먼저 정리하고 싶은 게 하나 있습니다." 줄리언이 먼저 입을 열었다. 경고 분위기를 내려고 일부러 어투를 무겁게 가져갔다. "돌아가신 부친과의 관계 얘기입니다."

"얼마든지! 자네는 당연히 요구할 권리가 있네."

"제 기억이 맞는다면 그런 말씀을 하셨습니다. 그러니까 영국 신문에서 아버지를 욕되게 하고 성직을 박탈했다는 기사를 읽으셨다면서요. 그래서 금전이든 뭐든 필요한 도움을 제공하겠다고 편지를 쓰셨다고 하셨죠."

"친구로서 그 정도는 해야겠다고 생각했네." 에드워드도 심각한 말투로 대답하고 술 탄 커피를 홀짝거렸다. 그의 모습이 핑크색 거울에도 비쳤다.

"고맙고 고마운 일이죠. 다만 아버지가 고인이 되신 후 편지란 편지는 모두 확인했습니다. 아버지는 햄스터셨죠. 뭐든 버리는 법이 없으셨어요."

"그런데 편지를 보지 못했다?" 에드워드의 얼굴에 긴장감이 드러났다. 그는 감정 표현이 무척 풍부한 인물이었다.

"네, 정체가 모호한 편지가 한 통 있기는 했습니다. 영국 우표에 정부 소인이 찍힌 봉투였죠. 안에는 자필 편지가 들어 있었습니다. 급하게 갈겨 쓴 것 같더군요. 베오그라드의 영국대사관 편지지였고요. 일종의 돈과 도움을 제안했는데 사인이 파우스트였죠."

거울에 비친 에드워드의 얼굴이 순간 딱딱하게 굳었으나

곧바로 자상한 미소를 회복했다. 줄리언은 계속 밀어붙이기로 했다.

"그래서 제가 답장을 보냈습니다. 친애하는 파우스트 님께, 감사합니다. 다만 안타깝게도 아버님이 고인이 되셨습니다 운운. 그런데 석 달쯤 후에 반송이 되었더군요. 그곳에 파우스트라는 사람은 없으며 과거에도 없었다는 짤막한 메모를 붙여서요." 줄리언이 말을 마치자 거울 속 에드워드는 조금 전보다 더 활짝 웃고 있었다.

"내가 바로 파우스트라네. 그 끔찍한 학교에 들어갔을 때 동급생들이 살갑게 대해주더군. 이유는 모르겠네만. 아마도 이국적인 분위기에 사색적인 성격이라 그랬겠지. 결국 파우스트라는 별명까지 얻었지. H. K.가 곤경에 처했다는 소식을 접하고는 옛 별명을 사용하면 조금 더 마음이 편안할까 생각했는데, 아아, 아무래도 실수한 모양이로군그래."

그 이야기에 줄리언의 안도감은 상상 이상으로 컸다. 에드워드도 마찬가지인지 거울 속에서 두 사람의 웃는 얼굴이 만났다.

"그런데 왜 하필 베오그라드입니까? 당시는 보스니아 전쟁 와중이었을 텐데요."

그 질문에 에드워드는 예상외로 대답을 머뭇거렸다. 얼굴 표정엔 그림자가 드리우고 회한에 잠겼는지 입술까지 깨물었다.

"전쟁터에서 남자가 무슨 일을 하겠나? 당연히 전쟁을 끝내기 위해 혼신의 노력을 해야겠지." 그가 일반적인 대답을 내놓았다.

"그럼, 아래층에 내려가보실까요?" 줄리언이 제안했다.

*

두 사람은 나란히 서 있었다. 둘 다 생각에 잠긴 터라 아무 말도 하지 않았다. 습기 문제는 오래전에 해결했다. 건축가도 지하실이 거대한 건전지가 되었다고 얘기했다. 문학공화국이 쇠퇴하는 일은 없으리로다.

"놀랍군. 페인트칠도 다시 한 모양이야." 에드워드가 감동한 듯 중얼거렸다.

"흰색이 너무 휑뎅그렁한 것 같아서요. 아닐까요?"

"환기가 되나?"

"통풍 장치를 달았습니다."

"소켓도 새로 바꾸고?" 에드워드가 물었다. 자신이 생각에 골몰해 있음을 감추려 하지도 않았다.

"여기저기 만들어달라고 했습니다. 많을수록 좋다고요."

"냄새는?"

"이틀이면 사라질 겁니다. 선반 견본도 있으니까 괜찮으시면 한번 봐주세요."

"괜찮다마다. 다만 그 전에 할 얘기가 하나 있네. 자네도 아는 얘기겠지만 말하기가 조심스럽군그래. 아내 데버라가 불치병으로 고생이라네. 이제 살날이 얼마 남지 않았다는군."

"들었습니다, 에드워드. 정말 괴로우시겠지만 혹시 도울 일이라도 있으면……."

"이미 도왔네. 자네가 생각하는 것보다 많이. 대중을 위한 고전도서관 아이디어를 내고 또 그걸 만들기 위해 나를 불러주지 않았나? 자네의 제안이야말로 큰 버팀목이라네."

그 아이디어를 내가 냈다고?

에드워드는 레인코트 주머니 깊은 곳에서 대형 인쇄용지 다발을 꺼냈다. 다발은 비에 젖지 않게 길게 접어 비닐봉투에 담겨 있었다.

"한번 보겠나?" 그가 물었다.

줄리언은 새로 설치한 천장 조명의 도움으로 600여 개의 제목과 작가를 살펴보았다. 하나하나 정성스레 적었지만 필체는 지극히 이국적이었다. 줄리언의 기대도 점점 커져갔지만 아는 책과 작가는 그리 많지 않았다. 그 사이 에드워드는 일부러 등을 돌리고 소켓들을 이리저리 살피는 척했다.

"어떤가? 내 제안을 출발점으로 삼을 생각이 있나?"

"그럼요, 그럼요, 에드워드. 환상적입니다. 정말 고맙습니다. 언제 시작할까요?"

"뺄 책은 없고?"

"지금으로서는요."

"구하기 어려운 책들도 있을걸세. 아마 한참 동안은 완비하기가 어려울 거야. 자네가 시작한 일이니 어쩌겠는가. 이건 책들의 이야기일세. 박물관이 아니라."

"멋있습니다."

"다행이로군. 이맘때면 괜찮겠지? 요즘 아내가 초저녁에 잠자리에 들어서 말일세."

저녁 모임은 이내 일상처럼 굳어졌다. 매슈가 작별 인사를 하고 자전거를 몰고 거리로 떠나자마자 에드워드가 문을 열고 들어왔다. 기분은 늘 달랐다. 어느 날 저녁은 표정이 어찌나 어둡던지 줄리언은 곧바로 위층 걸리버로 데려갔다. 지금은 아예 선반에 스카치 한 병을 쟁여두고 있었다. 불과 몇 분만 있다가 떠날 때도 있고 두어 시간 머무는 때도 있었다.

에드워드의 기분이 요동칠 때마다 목소리도 들쑥날쑥했다. 낭랑했다가 가벼웠다가 때로는 소위 신사 계급의 전통적인 억양까지 오락가락했다. 그런 모습을 보노라면 어디까지가 연기이고 어디까지가 진짜 모습인지 헷갈릴 수밖에 없다. 저런 억양은 어디에서 배운 걸까? 저렇게 말할 때는 누굴 흉내 내는 거지? 물론 캐물을 생각은 없었다. 지금 고통받는 사람에게 도움과 위로를 제공하는 중이 아니던가. 그가 아버지에게 손을 내밀었듯이 도시에서 온 청년이 아버지와의 인연으로 얘기하고 있었다. 그리고 그 보답으로 에드워드 또한 줄리언에게 무료로 전문적 조언과 가르침을 전해주었다. 더 무엇을 바란단 말인가.

그 밖에도 아버지에 대한 근사한 얘기들도 들었다. 젊은 H. K.의 용기와 선의, 그리고 베트남 전쟁에 반대하는 활동가로서의 인기.

"그래, 무엇보다 포기하는 법이 없었다네. H. K.에게는 순수함이 살아 있었어. 모두 그럴 수 있는 건 아니었지."

"에드워드의 동심도 살아 있잖습니까? 아니면 옛 귀족의 풍모인가요? 지금도 귀족이어서인 겁니까?" 줄리언이 물었다. 지나치게 뻔뻔한 질문이라는 생각은 들었다.

정말 무례했던 걸까? 에드워드의 표정이 어둡고 우울해지더니…… 언제나처럼 곧바로 활짝 웃어 보였다. 줄리언은 용기를 얻고 조금 더 밀고 나갔다.

"잘은 몰라도 선생님이 제 부친보다 훨씬 성숙했던 것 같습니다. 아버지는 옥스퍼드에 가서 예수님을 만났죠. 선생님은 어디 가셨죠? 별의별 일을 다 겪었다고 말씀하셨던 것 같은데."

에드워드는 그 말을 고깝게 들었는지 톡 쏘아붙였다.

"내 과거를 알고 싶은가? 자네가 원하는 게 그거야?" 그러고는 줄리언이 변명도 하기 전에. "자네한테 거짓말할 나이는 지났네, 줄리언. 내 부친은 미술품 거래에 재능 있는 분도 아니고 성공도 하지 못했지. 빈을 빠져나올 때는 이미 늦었지만 그래도 늘 영국에 고마워했다네. 나도 그렇고."

"제 말뜻은……."

"내 부친도 일찍 돌아가셨지. 자네 부친처럼 말일세. 어머니는 매혹적인 바이올리니스트와 사귀셨지. 역시 재능은 있지만 가난한 남자였어. 둘은 파리로 떠나 가난하지만 고상하게 살았네. 부친께서는 내가 영국에서 공부를 마치길 바라셨네. 그래서 약간의 돈을 빼돌리셨지만 부질없는 바람이 되고 말았군 그래. 이 정도면 충분한 설명이 되었나? 아니면 계속 내 소개를 해야 할까?"

"당연히 충분하죠. 다만 제 말뜻은 그게 아니라……." 순간 또 다른 생각이 뇌리를 스쳤다. 머릿속에서 헛소리가 들리는

데 그게 입 밖으로 나오곤 합니다. 저도 이따금 부모의 신화를 꾸며내곤 했습니다.

다행히 에드워드가 화제를 바꾸었다.

"그래, 줄리언, 자네 친구 매슈는 어떤가? 함께 일할 만한가?"

"예, 훌륭한 일꾼이에요. 여름에 극장이 열릴 때를 기다리고 있어요. 그를 필요로 하리라고 기대하는 모양인데, 전 아니기를 바라죠."

"특별한 일이 생길 때 자네를 대신해 일할 수도 있는가?"

"예, 가끔 맡깁니다. 왜요?"

그저 호기심인지 에드워드는 대답하지 않았다. 그보다 줄리언에게 쓸 만한 여분의 컴퓨터가 있는지 물었다. 예, 몇 대 있습니다. 그렇다면 공화국에 자체 이메일 주소를 만들어두면 좋겠군. 희귀본이나 절판된 서적을 수소문하는 데 도움이 될 걸세. 줄리언은 기꺼이 그렇게 하기로 했다.

"물론입니다. 아무 문제 없어요. 제가 준비하겠습니다."

다음 날 저녁쯤 에드워드는 전용 컴퓨터를 얻고 공화국은 별개의 이메일 주소를 마련했다. 줄리언이 실리아의 대용품으로 전락하고 만 것이다.

하지만 무슨 대용품? 런던에 살 때도 사람들이 그를 착취하고 그도 사람들을 이용하지 않았는가. 사람들의 닭 잡아먹고 오리발 내미는 행태에도 이골이 났다. 실리아의 길을 가야 한다면, 에드워드가 실리아 몰래 도자기 수집품을 팔아치웠을지도 모른다는 생각도 했으리라. 아무튼 뭐든 알게 되면 실리아에게도 얘기해주겠다고 약속했다. 당연히 지하실에 내려가 훔쳐볼 필요가 있었다. 중고서적과 출판사들에 대한 질문, 희귀본과 절판본 일람표 요청. 중국 도자기? 없음. 보낸편지함에도 휴지통에도. 그러는 사이, 역사적으로 위대한 남녀에 관한 생각들이 하나둘씩 치고 들어왔다.

"줄리언, 내 친구."

"에드워드."

대화의 주제는 줄리언의 런던 아파트였다. 줄리언, 지금도 그곳은 가끔 이용은 하나? 아뇨, 그렇지 않습니다. 왜요, 빌려드릴까요? 오, 줄리언, 맙소사, 그런 시절은 오래전에 끝났네. 그런데, 며칠 내에 한번 다녀올 생각은 있나?

아뇨, 없습니다. 하지만 이유야 만들면 되죠. 변호사, 회계사, 사업 핑계 등등.

그럼, 런던 갈 때 작은 볼일 하나 부탁해도 큰 실례는 되지 않겠나?

그럴 리가요. 줄리언이 대답했다.

혹시 지금 얘기한 미결 문제라면 다음에 언제쯤 올라갈 생각인지 물어봐도 되겠나? 지금 고민 중인 문제가 다소 절박하고 또 긴박해서 하는 말이네만.

"급하고 중요한 문제라면 에드워드, 내일이라도 갈 수 있습니다." 줄리언이 상냥하게 대답했다.

"사랑 문제라면 자네도 경험이 없지는 않겠지, 응?"

"그럼요. 원하신다면 얼마든지." 에드워드가 묘한 미소를 짓자 그 바람에 줄리언은 이제껏 감추려고 했던 호기심이 폭발하고 말았다.

"오랜 세월 동안 어느 숙녀와 관계를 유지했다고 고백한다면…… 아내 모르게 말일세. 나를 경멸할 텐가?"

지금 H. K.의 절친이 얘기하는 건가? 아니면 H. K. 본인이?

"아뇨, 에드워드, 경멸이라뇨. 천만의 말씀이십니다."

"자네에게 하는 부탁이 그 여성에게 비밀 편지를 전하는 문제라면, 아무래도 자네의 절대적이고도 항구적인 분별력에 판단을 맡겨야 하겠지?"

그래야 하겠지만…… 에드워드는 개의치 않고 줄리언에게 지시를 내렸다. 그것도 숨이 막힐 정도로 상세하게.

벨사이즈파크 지하역 맞은편의 에브리맨 극장…… 제발트의 《토성의 고리》 한 권으로 신분 확인…… 오른쪽에 흰색 플라스틱 팔걸이 의자 두 개…… 여의치 않을 경우 로비 뒤쪽에 앉을 자리 확보…… 행여 극장이 문을 닫았다면 옆집 24시간 레스토랑에 갈 것. 그 시간엔 손님이 없음…… 창가 자리에 앉되 제발트는 잘 보이는 곳에 둘 것.

"그럼 제가 어떻게 그 여성을 알아보죠?" 줄리언이 물었다. 호기심이 왕성할 나이이 아니던가.

"자네가 알아볼 필요 없네, 줄리언. 제발트를 보고 접근할 거야. 그럼 자연스레 편지를 건네주고 나오면 되네."

문득 이게 웬 터무니없는 일인가 하는 생각에 번쩍 정신이 들었다.

"뭐라고 부르면 되죠? 메리?"

"그래, 메리라고 불러도 좋네." 에드워드가 진지하게 대답했다.

*

그날 밤 줄리언은 잘 잤을까? 아니, 별로. 도대체 무슨 생각으로 이런 일을 하겠다고 나섰는지 자문했을까? 거듭거듭. 에드워드한테 전화해 거래를 끝낼 생각도 했을까? 여러 번. 아니면 친구한테 전화해 조언을 구할 생각은? 어쨌거나 침대 협탁

엔 에드워드의 밀봉 편지가 놓여 있었다. 게다가 아는 언어를 총동원해 경건하게 맹세까지 했다.

줄리언은 일찍 일어나 최고의 캐주얼웨어를 찾아 입었다. 벨사이즈파크의 에브리맨 극장에서 부친 절친의 정부와 소개팅을 하는데 그럼 어떤 옷을 입는단 말인가? 에드워드의 편지는 주머니에, 《토성의 고리》는 가방에 넣고 8시 10분 통근열차를 타기 위해 출발했다. 입스위치에서 리버풀스트리트로 갔다가 다시 벨사이즈파크로 이동해 정확히 약속 시간에 에브리맨 극장의 텅 빈 로비에 도착해 흰색 플라스틱 의자에 자리를 잡은 뒤, 제발트를 무릎에 펼쳐놓았다.

저 여자가 메리일까? 지금 유리문을 열고 뚜벅뚜벅 다가오는 저 여자가? 여자에 대해 분명하게 말할 수 있는 사실은, 그냥 스쳐 지나가는 연애 상대가 아니라 분위기와 가치가 충분한 여인이었다.

그는 자리에서 일어나 여자와 마주 섰다. 제발트는 왼손에 들고 오른손은 가슴으로 가져가 린넨 재킷 안주머니에서 에드워드의 주소 없는 봉투를 꺼낼 준비를 했다. 하지만 준비뿐이었다. 여자가 말을 걸어올 때까지 기다릴 필요가 있었다. 눈은 은은한 갈색에 정성 들여 아이섀도를 했다. 매끄러운 올리브색 피부. 나이는 짐작이 어려워 마흔다섯에서 예순다섯까지

볼 정도였다. 화장은 아주 가볍게 했으며, 정장 차림이지만 지나치게 상투적이지는 않았다. 롱스커트는 무척 우아했으며 깊고 실용적인 주머니가 달렸다. 런던에서 어느 중진 회의를 위해 나왔다 해도 놀라지 않았을 것이다. 줄리언은 반응을 기다렸으나 여자는 아무 말도 하지 않았다.

"저한테 당신에게 전할 편지가 있습니다." 그가 말했다.

여자가 편지를 보고 다시 줄리언을 보았다. 너무도 담담한 시선.

"제발트에 관심이 있고 에드워드를 알고 내게 줄 편지가 있다는 얘기죠?" 그녀가 되물었다.

앗, 미소를 짓나? 내 미소에 화답한 걸까? 아니면 그냥 미소를 지어준 걸까? 억양은 분명 프랑스였다. 여자가 손을 내밀었다. 사파이어 결혼반지. 매니큐어는 하지 않았다.

"지금 읽어야 해요?"

"안전을 위해서라도 그게 나을 것 같습니다."

"안전을 위해?" 이유를 인정하는 것 같지는 않았다.

"괜찮으시면 이렇게 서 있느니 옆 가게에 가서 커피라도 한잔하시죠." 줄리언은 조금 더 얘기하고 싶었다.

에드워드의 말처럼 레스토랑은 손님이 없었다. 줄리언은 4인용 부스를 골랐다. 그녀는 냉수를 주문했다. 바두아 생수가 있으면 좋겠네요. 줄리언이 생수 두 병과 잔 두 개, 얼음과 레몬을 주문했다. 그녀는 나이프를 이용해 봉투를 개봉했다. 평범한 A4 용지. 양면으로 에드워드의 자필. 얼핏 봐도 다섯 쪽은 되어 보였다.

그녀는 줄리언이 보지 못하도록 편지를 살짝 돌렸는데, 그 바람에 오른쪽 팔의 소매가 올라갔다. 올리브색 피부에 길고 하얀 흉터. 자해일까? 아니, 그럴 사람으로 보이지는 않았다.

여자가 편지를 접어 봉투에 다시 넣었다. 그리고 구찌 핸드백을 열어 봉투를 넣은 뒤 다시 잠갔다. 두 손이 노동자 같지만 그래서 더 아름다워 보였다.

“바보같이, 메모지가 하나도 없네요.”

줄리언이 종업원에게 물었지만 없다는 대답만 돌아왔다. 그러고 보니 근처에서 편의점을 본 기억이 났다. 잠시 기다려주실래요? 이유야 뻔했고, 그녀는 기다리기로 했다.

“봉투도 하나.” 여자가 부탁했다.

“물론이죠.”

줄리언은 열심히 달려갔지만 계산대 줄이 너무 길었다. 그래도 여자는 그 자리에 앉아 냉수를 마시며 문을 노려보았다. 파란색 편지지 한 묶음하고 세트로 된 봉투 한 묶음이에요.

“셀로판테이프도 사왔네요. 봉투도 밀봉해야 해요?”

"그래서 사왔습니다."

"그쪽을 믿지 말아야 하는 건가요?"

"예, 에드워드는 믿지 않을 겁니다."

여자는 미소를 짓고 싶었지만 손을 가리고 쓰느라 바빴다. 물론 줄리언은 볼 생각도 없었다.

"미안하지만 성함이?"

"줄리언입니다."

"에드워드가 아는 이름인가요, 줄리언?" 그녀가 고개를 숙인 채 쓰면서 물었다.

"예."

"이 편지는 언제 전해주나요?" 여전히 쓰면서 물었다.

"내일 저녁. 그때쯤 그분이 서점에 오십니다."

"서점을 운영해요?"

"예."

"그분 요즘 심정이 어때요?"

무슨 뜻으로 묻는 걸까? 죽어가는 아내를 지켜보는 기분이 어떻냐고? 설마? 완전히 다른 의도의 질문이겠지?

"그럭저럭 잘 지내십니다." 그럭저럭이라니?

"언제 두 분이 얘기하게 되죠? 두 분이서만?"

"내일입니다."

“기분 나쁜 건 아니죠?”

“예? 왜요? 전혀요. 절대 아닙니다.”

“그분한테 보신 대로 전해주세요. 난 잘 지내고 편안하고 평온하다고. 정말로 그렇게 보이지 않아요?”

“예, 그렇게 보입니다.”

여자가 줄리언에게 봉투를 건넸다.

“보신 그대로 느낌을 전해줘요. 그분도 그걸 바랄 거예요.”

여자가 일어났다. 줄리언도 문까지 따라갔다. 여자가 돌아서더니 고맙다고 인사하고는 한 손을 그의 상박에 얹고 인사하듯 자기 뺨을 그의 뺨에 댔다. 맨 목에서 풍기는 여인의 향기. 그녀가 거리로 나설 때 보니 운전사가 푸조에서 대기하고 기다렸다. 운전사가 황급히 뒷문을 열었다. 줄리언은 영리하게 차량 번호를 일기장에 적은 뒤 전철을 타고 리버풀스트리트로 돌아왔다.

*

줄리언이 서점에 들어간 것은 밤 11시가 지나서였다. 생전 그렇게 피곤한 적이 없었다. 그 바람에 한참 시간이 지나서야 또 다른 봉투가 눈에 들어왔다. 이번에는 눈에 잘 띄도록 문에

딱 붙어 있었다. 매슈의 노란 스티커 메모도 있었다.

〈어느 숙녀분의 메시지〉

또 이놈의 비밀 편지야? 줄리언은 지쳤다는 심정으로 봉투를 개봉했다.

친애하는 줄리언(이렇게 불러도 되죠?)

그대에 대해 정말 멋진 얘기들을 들었어요. 당신 아버지가 내 남편과 동창이었다네요. 남편이 그렇게도 원하는 일을 당신에게 맡겼더군요. 이미 아시겠지만, 나도 아버지 덕분에 지난 십 년간, 지역 도서관의 비상임이사로 있었답니다. 그 도서관을 사랑했는데 알고 보니 그대도 외부 위원이더군요. 그래서 말씀드리건대 혹시 집에 오셔서 간단한 식사라도 하지 않으실래요?

최근에 몸이 좋지 않아요. 아무래도 그대가 우리 집으로 와야 할 것 같군요. 저녁이면 언제든 좋지만, 가능한 한 빨리 보고 싶군요.

친애하는 줄리언에게

데버라 에이번

"어떤 분이시던가?" 다음 날 아침 문을 열자마자 매슈에게 물었다.

"초라한 갈색 코트를 입었는데 눈빛이 장난 아니었어요."

"나이는?"

"사장님과 비슷해요. 어젯밤 〈닥터 지바고〉 보셨어요?"

"아니, 안 봤는데?"

"로라하고 똑같은 스카프를 했더군요. 정말 로라처럼 보였어요. 그래서 솔직히 충격받았거든요."

7

"스튜어트, 세상에! 너무 멋져요! 이렇게 기쁠 수가! 오, 이런 건 또 왜 가져오고 그래요." 조앤이 현관 계단에서 손님을 맞으며 적색 부르고뉴 두 병을 받아들었다.

스튜어트는 지도를 보며 클레마티스가 무성한 서머싯 오두막을 떠올렸는데 정작 택시에서 내리면서 보니, 녹색 타일 소재의 추레한 단층집이었다. 마을 노인들을 봤다면 실망해서 머리카락을 쥐어뜯었을 것이다.

"스튜어트, 잘 왔네, 잘 왔어! 아직 현역이지? 운이 좋은 친구라니까!" 필립이 조앤의 어깨너머에서 활짝 웃으며 소리쳤다. 쾌활한 영국 남자는 물푸레나무로 만든 지팡이를 짚고 서 있었다. 잘생긴 머리는 잿빛 머리카락이 거의 남지 않았다. 그가 절뚝이며 앞으로 나와 힘차게 악수를 청했다.

하지만 스튜어트가 보기에 미소는 굳어 있고 눈은 불길하게 반쯤 감겨 있었다.

"그래, 많이 변했지?" 필립이 스튜어트의 눈빛을 읽고 미리 되물었다. "문제가 약간 있었지. 다시는 그놈의 국민보건서비스엔 가지 않아. 거긴 하나부터 열까지 일류만 따지더군."

"간호사들도 모두 자길 깔보잖아요, 나쁜 년들. 그래도 덕분에 당신이 더 빨리 생활을 회복했어요, 안 그래요? 당신은 인정하지 않겠지만." 조앤이 씩씩하게 맞장구를 쳤다.

두 노인의 기분 좋은 웃음소리.

"그곳에 있다간 이 양반이 죽고 말겠다 싶었다오. 로건베리 별장에서도 그랬잖아요. 이 양반이 정말 좋아한 곳이었지. 단층짜리로 내가 급하게 구하긴 했지만 이 양반이 어찌나 좋아했는지 몰라요. 아름다운 치료사도 일주일에 한 번 찾아오고 전원생활에도 재미를 붙였는데…… 정원에 땅의 정령 동상도 몇 개 필요할 거유, 안 그래요?"

"색칠도 해서." 필립의 말에 둘이 다시 껄껄거리며 웃었다.

이 양반들이 정말로 25년 전에 보았던 그 황금 커플이 맞나? 필립은 뇌졸중에 한 방 맞고는 지팡이에 의존하고, 경마광 조앤은 헐렁한 고무줄 바지에 가슴 가득 큼지막한 광각의 옛 빈의 풍경 사진을 박은 티셔츠 차림이었다. 스튜어트는 조앤의 옛 모습을 또렷하게 기억하고 있었다. 레반트 작전의 너무도 아름다운 팀장. 남편 필립은 파이프 담배를 피우며 램베스 궁전 옆 어느 지소에서 동유럽의 첩보 네트워크를 주물렀다. 첩보국 부부 요원 중에서도 단연 최고라 하지 않았던가. 그러다가 보스니아 전쟁이 터지면서 필립은 업그레이드된 벨그레이드 지국을 떠맡고 조앤은 그의 2인자가 되었다. 그 당시 연봉과 수당 정산을 위해 지하 회계과로 내려가는 내내 박수갈채가 끊이지 않았건만.

거실 겸 식당 전망창 밖으로 작은 채소밭이 있고 그 너머 중세풍의 교회가 보였다. 조앤은 교회에서 한 달에 두 번 꽃 장식을 담당했다. 셋은 조앤의 뵈프 부르기뇽과 필립의 감자요리, 스튜어트의 부르고뉴 와인을 즐기며 국제 정세를 논했다. 영국은 비참하고 아프가니스탄은 희망이 없으니 당장 철수해 비용을 아껴야 한다. 그리고 재주 많은 래브라도 리트리버 암놈 채프먼 얘기도 나누었다.

커피와 브랜디를 해치운 다음에야 셋은 무언의 합의에 따라 작은 온실로 자리를 옮겨 스튜어트가 여기까지 온 이유를 얘기하기 시작했다. 민감한 문제를 논의하려면 격벽이 없고 샹들리에도 없는 휑뎅그렁한 방이 적합하다는 정도는, 노련한 첩보 전문가들에겐 상식과도 같은 일이다.

조앤은 두꺼운 테의 할머니 안경을 쓰고 키 큰 등나무 의자를 차지했다. 등받이 덕분에 머리 뒤에 후광이 생긴 것처럼 보였다. 필립은 인디언 세공 궤짝에 쿠션을 여러 개 깔고 앉아 다리를 쩍 벌렸다. 지팡이 손잡이를 잡은 두 손으로 턱 아래를 괴었다. 채프먼은 그의 슬리퍼 밑에 쭉 뻗고 엎드렸다. 조앤의 지시에 따라 스튜어트는 흔들의자에 앉았다…… 너무 뒤로 눕지 않도록 조심하구려.

"그래, 요즘은 역사학자 노릇인가?" 조앤이 작은 첩보국부터 건드렸다. 스튜어트가 전화로 알려준 내용이다.

"예, 그렇습니다. 나를 부를 때 그만두라는 얘기구나 했죠. 그런데 오히려 이 흥미로운 회고록 업무를 맡기는 겁니다."

"운이 죽이게 좋다니까." 필립이 투덜댔다.

"어떤 일이유?" 조앤이 물었다.

"기본적으로 훈련반의 예비 자원입니다. 주 업무는 삭제된 사례 연구들을 신입요원 교육용 자료로 묶는 일이죠. '현장에서 뛰는 요원'이라는 제목인데. 강의 자료 겸 모의 훈련용으로도 쓰입니다."

"우리가 들어갔을 때도 했으면 좋았을 텐데, 일부라도. 우리 때는 훈련이란 게 없었어, 아예." 필립이 또다시 투덜댔다.

"공문서 처리 배우는 데만 2주나 걸렸잖아요." 조앤이 맞장구를 쳤다. 그녀는 초롱초롱한 눈으로 스튜어트를 보았다. 그의 말은 하나도 안 먹힌다는 뜻이다. "우린 어디 들어가지, 스튜어트?"

마침내 본론이다. 스튜어트로서는 반가울 따름이었다.

"음, 사실, 언제든 가능합니다. 선수, 데스크 요원, 분석가들, 무엇보다 전직 조정관들의 생생한 증언을 담고 싶어요. 땅개 효과를 위해서라도."

"와우, 멋진 표현이우." 조앤이 갑자기 웃음을 터뜨리며 감탄했다. "땅개 효과라니. 기가 막히네. 지금 막 만들어낸 거유, 스튜어트? 우리를 위해서? 훈련도 받지 못한 땅개들이라서?"

"그럴 리가 있나. 바보 같은 소리 말아요. 우리야 이미 떠난 사람들이잖소. 이젠 언어도 완전히 달라졌어. 현장 관리요원들도 다 바뀌었잖아. 지금은 단순한 인사과가 아니라 인적자원부라고 한다던데? 지위, 이런 것 다 버리고 요즘엔 포커스 그룹이 대세라더군."

"두 분 다 참여하신다는 전제로 말씀드리면, 우리가 보상을 검토 중인 특수한 사례가 하나 있습니다. 다행히 두 분과 관계가 있어요. 말하자면, 한 건으로 두 배가 나가는 셈이죠. 그리고 집중 취조에도 협조하신다는 것을 전제로(실없는 농담) 여기 사무국 공식 문서를 가져왔습니다. 두 분이 느끼는 대로 진술해도 좋다는 확인서 같은 겁니다. 얼마든지 원하시는 대로 말씀하세요. 본부에서 뭐라고 하든 개의치 않으셔도 됩니다. (필립의 코웃음) 목적에 맞게 재편집을 하더라도 먼저 말씀드리자면, 우리가 파일에 어떤 내용을 담을지 절대 관심 두실 필요 없어요. 누구보다 잘 아시잖아요. 첩보국 파일은 요원들이 말하지 않는 내용으로 더 유명하다는 사실. 옛 파일은 새 파일보다 훨씬 심합니다. 현장에서 발생한 일은 대부분 기록 단계까지 가지 않으니까요. 관계자 모두 마찬가지일 겁니다. 그래서 교관의 조언, 아니, 호소를 덧붙이자면, 우리 쪽을 완전히 무시하라는 겁니다. 그냥 처음부터 다 말씀하세요. 첩보국이 아니라, 두 분 개인에게 어땠는지 말씀하고 결과 따위는 개의치 마세요. 본부를 비난하고 싶으면 연금이든 개소리든 걱정하실 필요 없습니다."

정적에 이어지는 다소 거슬리는 소음. 조앤이 목에 건 안경 너머로 문서를 살펴본 후 필립에게 넘겼다. 필립은 읽고 나서 스튜어트에게 돌려주며 고개를 끄덕였다.

"그러니까 놈들이 위대한 프록터 박사를 훈련팀으로 돌렸다? 맙소사." 조앤이 탄식을 했다.

"전 좋습니다, 조앤. 그동안 열심히 달렸잖아요."

"그래, 당신이 땅개들을 찾아 떠났으니 우리의 대장 탐지견은 누구이신가? 설마 캠프를 비워둔 것은 아니겠지?"

그 말에 스튜어트는 고개를 젓는 것으로 대답을 대신했다. 첩보국의 현 전투 지시를 자세히 까발릴 위치가 아니라는 뜻이다. 조앤은 계속 스튜어트를 노려보고 필립은 채프먼의 귀를 어루만졌다.

"조금 더 신중을 기한다면, 우리가 두 분께 듣고자 하는 사례사의 당사자가 항의한다 해도, 우리 이익을 위해 그에게 경고하실 필요도 없습니다. 공식적으로 말씀드리면, 따로 지시가 있을 때까지 그와의 접촉은 모두 금지되죠. 이해하셨죠?" 스튜어트가 보다 공식적인 말투로 경고했다.

조앤이 긴 한숨을 내쉬며 말했다.

"오 맙소사, 불쌍한 에드워드. 도대체 무슨 짓을 한 거유?"

*

스튜어트는 제삼자의 대답에 '즉흥세미나'라고 이름을 붙이고, 기차를 타고 오며 정리해둔 몇 가지 화두를 풀어냈다.

"대략 말씀드리면, 우리가 알고 싶은 건 우선 출신 성분과 성장 배경입니다. 그다음이 채용과 훈련, 관리죠. 그리고 기술과 성과, 적절한 재정착 순입니다. 필립, 먼저 시작하시겠어요?"

하지만 필립은 자기가 시작해야 할지 확신이 없었다. 처음부터 맘에 들지 않았지만, 에드워드를 언급할 때부터 반발심이 치고 들어온 것이다.

"플로리안 얘기지, 응? 바르샤바의 UA? 위에서 듣고자 하는 친구가?"

스튜어트는 플로리안이 맞는다고 확인해주었다. UA는 비공식요원이나 선임요원을 가리키는 첩보국 용어다.

"그래, 좋은 놈이었지. 놈들이 뭐라고 하든, 네트워크가 엉망이 된 건 그 친구 잘못이 아니야."

"예, 그런 식으로 그의 사례사를 들려주시면 됩니다. 긍정적이고 공정하게. 도와주세요." 스튜어트가 달래듯 말했다.

"내가 데려온 것도 아니야. 바니였지. 난 그때 런던에 있었어."

바니를 거론하면서 분위기가 숙연해졌다. 이제 고인이 된 냉전 시대의 모집관, 레리 식당과 파리 레프트뱅크의 단골이자, 요원들에게는 늘 성실한 아버지.

"그런데, 바니가 꼬드기기 전에 사실 자기 발로 들어왔다고 봐야 해." 필립이 도발하듯 이어갔다. "해보겠다는 친구를 바니가 무슨 재주로 막겠어? 돈도 미인계도 필요 없었지. 플로리안은 대의명분을 중시했네. 그 친구한테 명분을 들이대면 지옥에라도 달려들 거야. 그 횃불을 밝힌 게 아니아였지. 바니는 대의명분 따위는 개나 줘버리는 인간이니까. 바니는 그 공을 포기하지 않았어. 그럴 놈이 아니었지. 뭐든 자기 공을 주장했으니까."

필립이 계속 그런 식으로 나가는 바람에 결국 스튜어트가 조앤에게 무언의 도움을 청했다.

"여보, 그렇게 중간부터 뚝 자르고 얘기하면 어떻게 알아들어. 스튜어트는 아니아가 누군지도 모를 텐데. 모르는 척하는 것일 수도 있지만 아무튼 토끼를 갑자기 모자에서 꺼내듯 말하면 안 되잖아? 출신 배경도 성장 배경도 다 얘기하기로 했으니까 말이야."

필립은 아내한테 타박을 받자 한동안 새쭉한 표정으로 앉아만 있었다.

"음, 출신 배경에 대해 하나 알려주지. 플로리안은 그 누구보다 어린 시절이 가시밭길이었어. 아버지 얘기는 들었지?" 그가 불쑥 내뱉었다.

스튜어트는 그런 식의 가정은 불필요하다는 사실을 조심스레 상기시켜 주었다.

"아비가 폴란드 놈인데, 완전 개자식이었어. 극단적 천주교도에 극렬 파시스트라 나치야말로 최선이라고 떠들어댔지. 나치의 비위나 맞추고 국외추방을 돕고, 숨어 있는 유대인들을 찔렀어. 깔끔하게 보고서를 작성한 다음 불쌍한 유대인들을 개 떼처럼 수용소에 처넣은 놈이야, 망할." 다시 생각을 정리한 다음. "전쟁이 끝나자마자 잡혔지. 어느 농장에 꼭꼭 숨어 촌로 흉내를 내고 있었다더군. 즉결 심판에 선처 없음. 마을 광장에서 매달았지. 사람들도 엄청나게 모였지만, 사실 여편네도 천사와는 거리가 멀었지. 야만의 시대 아닌가? 여자를 찾았지만 결국 실패했어. 왜겠나?"

"글쎄요." 스튜어트가 미소를 지었다.

"상황이 나빠지자 남편 놈이 아내를 오스트리아로 내보냈어. 여자는 그라츠의 수녀원에서 느긋하게 지내고 있었지. 아기를 밴 채 말이야. 그로부터 7년 후에 여자는 아이 플로리안을 데리고 파리로 건너와 매춘부 생활을 했어. 2년 후에는 영국에서 다섯 손가락에 드는 은행의 어느 놈팽이와 결혼을 하고, 여자와 아이는 모두 영국 여권을 획득했네. 나치 전범과 결혼한 폴란드 매춘부치고는 썩 나쁘지는 않은 삶이었지."

“플로리안은 그런 사실을 언제 알았죠?” 스튜어트가 공책에 꼼꼼히 기록하며 물었다.

“열네 살. 어미가 얘기해줬어. 폴란드에서 자기를 추적해 아들과 함께 바르샤바로 다시 끌려갈까 겁이 났다지만 그런 일은 일어나지 않았지. 가짜 서류들이 너무나 빵빵해서 폴란드도 전혀 인지하지 못했던 거야. 철저하게 추적한 건 우리였지.” 필립은 인상을 찌푸리며 입을 굳게 다물었다.

그래도 이내 말을 이어가기는 했다.

“플로리안이 평생 딱 한 번 거짓말한 게 바로 그거야. 적어도 내가 알기로는 그래. 아비라는 인간이 어찌나 끔찍했던지 거짓말을 꾸며 댔겠나. 여자를 만날 때마다 온갖 다양한 얘기들을 갖다 붙였어. 게르다? 여자 이름이야 어떻든, 그 여자한테 웬 헛소리를 그렇게 주워섬겼는지 몰라. 뭐? 아버지가 영웅적인 바다 선장이라고? 침대에서 꼬셔보려고? 내가 그렇게 물어본 적도 있어. 망할, 한마디도 인정하지 않더군. 훈련이 끝난 후엔 특히 그랬네. 뭐라고 했느냐면, 그게 다 상냥한 영국 계부 얘기였다나? 개소리.”

그리고 문득 생각이 났다는 듯.

“그 친구가 종교를 왜 그렇게도 증오하는지 알고 싶나? 당연히 천주교에 대한 적개심에서 시작해서 발전한 거야. 그런 얘기 듣고 싶은 건가?"

*

"성장 배경이라고?" 필립은 그 단어를 경멸스럽다는 듯 씹어뱉었다. "빌어먹을, 그 친구 기록을 보면 되잖아. 좋아 좋아, 우리도 기록이 없는 척하긴 했으니까. 어머니가 생부 얘기를 꺼냈을 때 그 친구 지독한 반파시스트에 반제국주의 볼셰비키였어. 강제로 집어넣은 학교에서도 골칫덩어리였지. 반베트남 전쟁소년단 주모자로서 노골적으로 학교 채플 수업도 거부하고 청년공산주의자 연맹에서 정회원으로 활동도 했어. 아니나 다를까, 소르본 대학에서 번개처럼 낚아채서는 똑같은 사상을 더 많이 주입한 거야. 그리고 6년 후, 짜잔, 자기 의지로 아버지 나라에 돌아갔어. 자그레브에서 1년, 아바나에서 1년, 도중에 웁살라에서 1년, 그 후 그단스크 대학에서 레닌-마르크스 역사 해석을 가르쳤지. 그것도 폐물이 된 마르크스 독재하의 구원받지 못한 폴란드 천주교도들한테 말이야. 중부 유럽을 모르면 도저히 믿기 어려운 일이지. 안다면야 당연한 일이라 생각하겠지만." 필립이 시비조로 끝을 맺었다.

"그런데, 그가 신격화된 건 폴란드에 갔을 때였잖아, 여보?"

조앤이 지적했다. 그러고는 남편의 브랜디잔을 치우고 대신 물잔을 놓았다. 다시 잔을 채울까 걱정이 된 모양이다.

"그래, 조앤. 폴란드 놈들이 미친 듯이 좋아했지." 그가 재미있다는 듯 말했다. "그단스크에 있을 때였어. 종교가 탄생한 이후 공산주의 메시지야말로 최대의 사기극이었지. 게다가 그 친구, 크리스마스에 파리로 돌아갈 때까지 아무한테도 얘기하지 않았다네. 침대에서 아니아한테 속삭이기는 했지. 기가 막힌 아가씨였잖아, 여보? 폴란드에서 망명한 발레리나였는데, 얼마나 미인이었는지 몰라. 게다가 그만한 여장부가 없었어. 플로리안을 엄청나게 존경했네. 그렇지, 여보? 응?"

"당신도 엄청나게 침을 흘렸잖아? 테디가 먼저 차지해서 다행이지 뭐야." 조앤이 투덜대듯 대답했다.

"그럼, 플로리안 포섭에 아니아가 간접적으로 개입했나요?" 스튜어트가 물었다. 공책에는 아무 얘기나 적는 척했다.

"이런 세상에!"

필립이 지팡이 손잡이를 두 손으로 때리더니 자리에서 벌떡 일어나 창가로 걸어갔다. 그리고 스튜어트 대신 교수처럼 얘기하기 시작했다.

"자네들은 플로리안 요원이 유일무이한 존재이자 신의 선물이라는 사실을 이해해야 해. 그렇게 헌신적이고 절대적으로 신뢰할 만한 친구는 세상 어디에도 없었어. 그 친구 과거는 5성급 공산주의자였지만 철두철미하게 공정하고 정의로웠네. 아무리 깎아내리려고 해도 마찬가지야. 늘 정확하고 적확했으며 삼류대학 교수로서의 위장도 완벽했어. 목숨을 걸 명분도 있었고."

"다시 묻지만, 그래서 아니아의 역할은 뭐죠?"

"아니아의 가족은 폴란드 레지스탕스의 핵심 멤버였어. 오빠 한 명은 고문과 총살로 죽고 다른 오빠도 감옥에서 말라 죽었어. 가족이 체포되었을 때 아니아는 파리에 있었네. 바니도 폴란드 망명 쪽 일을 해서 아니아를 알고 있었지. 플로리안도 결국 그의 수중에 떨어진 거야. 일급 요원들이 그렇게 쉽게 넘어오지는 않는데 말이야." 필립은 마치 연기를 끝낸 배우처럼 인디언 궤짝으로 돌아갔다.

"요원으로서의 능력은요?" 스튜어트가 다른 항목을 체크하며 물었다. "이따금 세미나에 끌어낼 수 있었나요? 어디선가 플로리안이 한여름 같다고 말씀하셨죠? 우리 요원들이 그 의미를 알고 감탄하기도 했었죠."

오랜 심사숙고 뒤 갑작스러운 충고.

"상식적으로 생각해봐. 뭘 하더라도, 그냥 시류에 편승하지 않고, 더 깊이 들어가는 거야. 냄새도 잘 맡아야겠지. 팀 활동이면 절대 개인행동을 해선 안 돼고. 바르샤바에서 비밀회의가 있고 통근버스가 있으면 그걸 타면 돼. 타자기는 사람들한테 빌려주라고. 자네한테 있으면 라다한테 빌려줘. 그 대신 호의를 베풀게 하는 거야. 아, 너무 치근덕거리지도 말아야겠지. 누군가 포즈나니의 모친을 방문할 일이 있으면, 친구한테 책이나 초콜릿 박스를 전해줄 수 있지 않겠어? 플로리안은 어쨌든 그 모든 걸 알았어. 우린 그냥 어떻게 활용하는지만 얘기했지. 결국 그에겐 전혀 도움이 되지 않았지만. 어떤 것도 도움이 못 됐어. 네트워크도 유통기한이 있었으니까. 나도 말했지. 들어가봐야 언젠가는 폭발한다고. 그러니까 각오하라고. 그런데 듣지 않았어. 그럴 친구가 아니었거든."

*

셋은 잠시 휴회하기로 합의했다. 필립이 머리를 푹 숙이고는 자기 두 손을 무섭게 노려보았다. 두 손을 단단히 맞잡은 채 무릎에 두었다. 조앤은 좀 더 차분했지만, 역시 머리를 쥐어뜯으며 온실 창밖으로 교회를 바라보았다.

"맙소사, 우리가 그 친구를 혹사했어." 필립이 씁쓸하게 내뱉었다. "자넨 아이들을 혹사하지 말게. 제1규칙이야. 본부에도 말해뒀는데 전혀 듣지 않더군. 오히려 내가 이상해졌다면서 이렇게 말하더군. 과민 반응이야, 필립. 우리가 알아서 할 테니 잠시 휴가나 다녀오게, 맙소사."

갑작스러운 격분이 머쓱했던지 필립은 채프먼을 위로하듯 다독여주었다. 채프먼이 놀라 고개를 들었다. 그가 다시 입을 열었을 때 목소리도 많이 누그러졌다. 플로리안이 현장에 등장했을 때는 바르샤바 지국이 바빠서 정신이 없을 때였어.

"간단한 편지 한 장을 국내 우편 체계에 넣기 위해 사흘 전부터 쥐와 고양이처럼 밀고 당기면서 지역에서 들어온 직원은 당연히 모두 비밀첩보원으로 뛰어야 했지. 대사의 고양이는 스물네 시간 내내 쫓고 감시하고 도청을 땄어. 그 와중에, 오 맙소사, 느닷없이 그단스크에서 멀쩡한 에이전트 러너가 나타난 거야. 당장이라도 일을 하려고 안달이 나 있더군."

다시 흥분, 처음처럼 격렬한 반응이었다.

"본부에 계속 얘기했어. 그단스크에서 바르샤바까지 망할 놈의 수수소[4] 전부를 플로리안이 채우고 비울 수는 없잖아? 그 친구 혼자 명부에 적힌 보조요원과 자발적 협조자 모두를

4 dead letter box(dead drop): 공작원들이 감시망을 회피하기 위해, 일종의 우편함처럼 사용하는 장소를 말한다. 대체로 벽의 구멍이나 나무 밑처럼 은밀한 장소를 활용한다.

어떻게 챙기냐고? 폴란드 놈들이 우리 스파이를 하겠다고 줄을 섰으니 기고만장한 모양인데, 그런 식으로 마구 굴리면 이 놈의 종이 집 자체가 무너지고 만다고 말이야. 그런데 실제로 그렇게 됐어. 최고요원 둘이 그날 밤 잡히고 다음 날 아침 또 하나가 끌려간 거야. 서로 입을 맞춘 것은 아니지만, 언제든 손가락이 플로리안을 가리킬 상황이었네. 우리한테도 그럴싸한 구출 계획은 있었어. 바르샤바 변경에 가짜 차고를 만들고 낡아빠진 정육점용 밴을 대기시켜 놓았어. 사람 크기의 구멍도 내놓고 말이야. 독창적인 계획은 아니지만, 모의연습 때는 성공적이었지. 내가 긴급메시지를 보냈지. 플로리안…… 당장 바르샤바로 빠져나와. 답신이 없었어. 이틀 후 나타나더니 투덜대는 거야. 여기가 조국 폴란드라고 하더라고. 차라리 배와 함께 침몰하겠다고. 내가 그랬어. 이미 다 얘기했다고. 이런 식으로 풍선이 올라가다간 터지고 만다고 했잖아. 그러니 아가리 닥치고 저 망할 영구차에나 들어가. 열 시간 후에 우리는 데번의 시골집에 도착했어. 그 친구, 어리석은 실수를 했다며 울부짖더라고. 아니, 실수가 아니었어. 능력과 기술이 초특급이었고 조금도 어긋난 게 없었으니까. 문제는 우리 신호였지. 그래서 바르샤바가 날아간 거야. 그런데 그렇게 말해도 소용이 없는 거야. 다 자기 잘못이라며. 플로리안은 그런 친구였네.

모든 책임을 어깨에 짊어진 친구. 대의명분을 중시한 아이. 그래, 그 메시지를 자네 요원들에게 알려주면 고맙겠군. 본부가 아이들을 죽음으로 내몰려고 하면 싫다고 하라고 말이야. 못 합니다. 절대로 못 하니까 개소리는 접어두시죠. 이렇게."

"조앤, 당신 차례예요." 스튜어트가 말했다.

그런데 조금 성급했다. 스튜어트가 호기심을 못 이기고 괜한 질문을 한 탓에 급기야 부부의 감정이 터지고 말았다. 에드워드와 아니아의 연애가 어느 즈음에 끝이 났죠? 에드워드가 영국에 돌아올 때쯤인가요? 데버라가 현장에 나타나 에드워드의 변명을 들었던가요?

필립에게도 부질없는 질문이었다. 연애에도 유통기한이 있네. 에드워드는 열심히 싸돌아다니고 아니아도 떨어져 지내는데 지쳤지. 열정은 흔들리고 세상에 남자는 얼마든지 있으니까. 네트워크 붕괴 문제를 사후점검할 때쯤(필립이 보기엔 쓸데없는 돈지랄이었다), 에드워드는 혼자 남아 빈둥거렸고 데버라든, 먹이를 찾는 다른 여자든, 쓸 만한 사냥감이 되었네.

조앤은 그게 아니라고 격렬하게 항변했다.

"말도 안 돼. 아니아는 테디를 흠모했어. 그가 휘파람을 불면 어디에 있든 상관없이 달려갔을 거야. 좋든 싫든. 테디가 영국에 도착했을 땐 엉망이었지. 테디는 친구들을 열 받게 만든 타락한 폴란드 개자식이었을까? 아니면 데버라 말마따나 영국 영웅의 귀환이었을까? 테디는 2주 동안 분석가들하고 지냈어. 교외의 아주 화려한 집에서 최신 장비와 함께 갇혀 지낸 셈이야. 데버라도 그의 이마를 닦아주며 이렇게 말했지. 당신은 첩보국 역사상 최고의 UA였어. 그걸로 끝이었다고."

"데버라는 그 당시 첩보국의 유럽 여왕이었죠. 데버라가 플로리안이 스타 요원이라고 말했다면 첩보국도 같은 생각이었을 겁니다." 스튜어트가 상기시켜 주었다.

조앤은 데버라 얘기를 더 하기로 했다.

"데버라는 테디가 몽유병으로 헤맬 때조차 침대로 끌어들였어. 규칙이란 규칙은 다 어겼지."

필립이 못마땅한 듯 헛기침을 했지만 조앤은 핵심을 짚고 있었다. 정보 윤리는 내부 전문가와 현장 요원들 사이에 건널 수 없는 간극을 만들어놓았다. 데버라와 플로리안의 경우 본부에서도 예외를 인정해주었다.

필립도 아직 할 말이 남아 있었다.

"맙소사, 그 친구가 데버라한테 푹 빠진 거야, 조앤! 그의 브리타니아였다니까!" 그는 조앤의 코웃음까지 무시했다. "정말이야. 그 친구는 여자한테 그녀의 이미지를 덧씌우고 그 이미지와 사랑에 빠지는 부류야. 데버라는 뼛속까지 영국인이었고 애국자였어. 미인에 부자이기도 했지. 에드워드는 운이 좋은 개자식이었어."

조앤이 그 평가에 동의했는지는 모르겠지만 스튜어트가 보기엔 전혀 아니었다.

*

조앤이 새로운 항목을 설명할 때는 오프닝이 대규모 청중을 대하는 바그너처럼 웅장했다.

"보스니아! 절대 되풀이되는 일이 없기를! 우린 그렇게 기도했지. 개똥보다 소용이 없었지만. 보스 티토의 유서를 두고 여섯 개의 소국이 언쟁을 벌였어. 모두 신을 위해 싸우고 모두 이긴다고 큰소리쳤지만 다들 개자식들이었지. 늘 그렇듯 모두 자기 몫을 주장하고 나섰으니 200년 전 선조들이 패했던 싸움과 판박이었어."

신념을 휴짓조각으로 만드는 끔찍한 이야기들 아냐? 뻔하잖아. 사지를 절단하고, 십자가에 못 박고 말뚝에 꿰고 대량 학살까지…… 주로 여자와 아이들이 희생자였지. 데버라도 끔찍하다는 정도는 예상했지만 30년 전쟁이 종교재판을 만날 줄은 몰랐을 거야. 본부가 내린 명령은 아주 간단했어.

"필이 정보 요원들 교통정리를 하라는 거였어. 과거 유고슬라비아에서 서로 쌈박질 중인 여섯 개 첩보 기관 수장들까지 담당해야 하기에 일은 차고 넘칠 지경이었지. 게다가 UN과 나토 대표단과 협의하고 NGO 단체들을 불러 전투 상황과 위험 지역에 대해 브리핑도 해야 했고."

"당신은 기본적으로 비밀 공작이 아니라 공개 작전을 했잖아, 응? 엄청 잘하기도 했지. 자기가 드러날수록 나야 여유롭고 좋았지. 멍청한 아내처럼 디너파티 옆자리에 앉은 신사하고 농담 따먹기만 하면 되었으니까."

"말 많은 노인, 역겨운 아첨꾼들은 애초에 베오그라드에 들이지 말았어야 해." 필립이 자랑스럽게 맞장구를 쳤다. "그런 놈들은 예외 없이 조앤한테 박살이 났지. 나까지 멍청이로 만들었다니까!" 문득 그때 기억이 떠올랐는지 필립은 하! 하고 탄성을 터뜨리고 발끝으로 채프먼을 툭 건드렸다.

필립이 공개 임무를 수행하는 동안 2인자 비밀 공작원 조앤의 첫 임무는 티토 시대에서 넘어온 첩보국의 인적 자원을 소집하는 일이었다. 세르비아, 크로아티아, 슬로바키아, 몬테네그로, 마케도니아, 보스니아 등 국적도 다양했으며, 믿거나 말거나 여전히 고용 상태였다. 따라서 필립이 바르샤바에서 맞닥뜨렸던 상황도 있던 터라 노련한 선임 요원을 신속하게 현장에 투입해야 했다.

당연히 플로리안의 이름이 한 번 더 테이블에 올라왔다. 예전에 크로아티아의 자그레브 대학에서 젊은 강사로 근무하지 않았었나?

크로아티아 말을 완벽히 한다는 얘기 아닌가?

게다가 폴란드 출신의 슬라브인이잖아. 저 싸움만 하는 지국들이라면 어느 순종 영국 놈보다 더 어울리고, 조앤 말마따나 더 섹시하지 않겠어? 폴란드 기질을 더 강조하고 영국 기질은 죽인 다음, 과부화한 지국을 위한 신의 선물로 다시 한번 에드워드가 급파된 거야.

그런데, 플로리안이 활동을 할 수 있었나? 폴란드의 참패 이후 기가 많이 꺾였잖아? 아버지가 된 후 사람이 달라지기라도 했나? 무엇보다 본부에서 전직 현장 요원의 재고용을 눈감아 주겠어? 첩보국에서 가장 우수한 요원과 결혼까지 했는데? 그런데 놀랍게도 본부에서 허락이 떨어진 것이다. 누가 밀고 누가 당겼는지는 모르지만, 그래도 짐작이 가는 바가 없지는 않았다.

"딸이 아주 어렸어. 에드워드도 엄청 애지중지했지만 사실 자전거 태워주고, 동물원에 데려가는 일 따위가 쉽지 않았을 거야. 살기는 잘 살았어. 유모도 있고. 폴란드 이후 첩보국에서 몇 가지 일거리를 던져주기도 했지. 밀사 업무, 해외지국 대타, 벼락치기 포섭 임무 등등 말이야. 그런데 그 사이에 데버라가 뭘 했을까? 말을 바꿔타느라 바빴어. 잘나가는 여자였잖아? 중동도 벼락치기로 공부했어. 최근에 제일 화려한 임무라 영국계 미국인 싱크탱크까지 잔뜩 모았을 정도였지. 그동안 불쌍한 에드워드는 뭐 했는지 알아? 집에서 빈둥거리며 딸을 동물원에 데리고 다니는 수준이었어."

본부에서는 필립한테 접선 업무를 맡겼다. 플로리안은 손을 뗐지만 아무래도 폴란드에서 굴렀던 장본인이 아닌가. 필립은 조앤에게 경의를 표한 후, 짤막하게 당시 얘기를 회고했다.

"난 런던으로 날아가 그 친구를 만났어. 조앤의 생각이었지. 그 친구, 아니 그녀의 집에서. 맑은 날이었네. 이스트앵글리아의 에드워드풍 대저택. TV 앞에 앉아 전쟁 상황을 지켜보고 있더군. 아이와 함께. 플로리안을 알면 놀랄 일은 아니었어. 내가 온다는 사실을 알았기에 무대도 준비해뒀더군. 우린 스카치를 마셨네. 안부를 물었더니, 언제 시작하느냐고 묻더군. 그런 친구잖아. 자기 몫은 안중에도 없어. 돈 얘기도 연금 얘기도 건너뛰고, 정보원으로 누굴 쓸지, 당장 뛰어들 요원이 누군지부터 묻는 거야. 조앤이 알아서 할 거라고 했지. 지금부터 내가 아니라 조앤이 자네 지휘관이 될 거라고. 나는 그저 베오그라드 사업가일 뿐이라네. 그 친구, 전혀 개의치 않더라고. 휴가 때 조앤을 만났는데 조앤을 좋아하기도 했어. 믿기도 했고. 문제 될 게 없었지. 오히려 여자의 지휘를 받는 것도 기분 전환에 좋다면서 좋아했어. 게다가 미인이잖아. 그래, 조앤도 얼굴이 빨개지기는 했지. 그 친구, 이렇게 묻더군. 언제부터 시작하면 됩니까? 빠를수록 좋은데? 당신이 무슨 말을 하려는지 알아, 조앤. 데비한테서도 달아나고 싶어 했다는 얘기겠지? 아니, 그렇지 않아. 다시 대의를 찾은 거야. 그 친구, 그런 친구라고."

"그래서…… 그 대의가 뭐였죠?" 스튜어트의 질문에 조앤이 한참 동안 머뭇거렸다.

"오, 이런, 질문 사절이야." 필립이 곧바로 제지하고 들었다. "당장 저지하자. 파시스트의 준동을 막자. 보스니아는 온통 파시스트뿐이었으니까. 그도 알고 있었어. 플로리안의 부친을 얕잡아보지 말자. 그의 공산주의 시절 과거를 과소평가하지 말자. 당신이 그를 떠맡을 때 내가 한 조언이 그렇지 않았어, 조앤? 급진주의자는 급진주의자야. 공산주의자를 벗어났든 않든 마찬가지라고. 사람은 안 변하니까. 결론이 달라졌다고 사고방식이 바뀌는 건 아니잖아? 결론을 바꾸는 건 인간의 본성일 뿐이야. 자네 아이들도 다르지 않다고 생각하는 게 좋아, 스튜어트. 생각해보라고. 광신도 출신을 포섭할 수도 있잖아? 잊지 말게. 놈들은 여전히 광신도야. 머릿속 어딘가에 남아 있단 말이야.”

*

첫 번째 질문은 당연히 플로리안의 위장이었지. 조앤이 말했다. 공산주의 폴란드는 아니냐. 붕괴 직전의 유고슬라비아와 다름이 없었다. 나라 전체에 온갖 부류의 사이코들이 들끓었다. 무기상, 전도사, 인신매매범, 마약 밀수업자, 전쟁 관광객, 전 세계의 기자와 스파이들…… 오히려 정상인들이 의심스러워 보일 정도였다.

지상에서도 온갖 인종의 지원국과 비밀회합투성이었다. 본부는 플로리안에게 가장 걸맞은 곳이 영국이나 폴란드가 아니라 독일 지원국이라고 결정했다. 그곳이라면 특히 크로아티아의 도움을 기대할 만했다. 어쨌든 첩보국이 일부 소유하고 있기에, 에드워드의 파견도 어려운 문제는 아니었다. 시작은 자그레브, 즉 그가 가르쳤던 곳이다.

“하지만 플로리안은 어디든 가만히 있을 위인이 못 돼요. 만일 첩보국에서 여비를 제공했다면 금세 파산하고 말았을걸.

그 인간 누구에게나 적극적으로 달려들었으니까. 옛 학생과 친구들, 어디를 가나 친구를 사귀었지. 정보를 얻을 수 있다면 상대가 누구든 전혀 개의치 않았거든. 나이가 있을수록 더 좋아했고. 밖에 나가면 진짜 매력적인 이들이 있잖우? 파시스트는 아예 감추지도 않았지만 플로리안은 특히 세르비아인과 죽이 맞았다오. 함께 노래를 부르고 영웅시에 황홀해하고, 세르비아 왕국의 신성한 대의명분으로 무슬림들을 마지막 한 사람까지 학살해야 한다는 신념까지도 빠짐없이 경청했다니까. 그러다가 플로리안의 무전 보고가 뺑 터지고 어느 오지 산촌에서 나와 만나기로 했지."

"보스니아 문제인가요? 무슬림?" 스튜어트가 물었다.

남편보다 당혹해하지는 않았어도 조앤은 잠시 머뭇거리더니, 나쁜 소식을 전하는 사람처럼 인상을 찌푸렸다.

"맞아요. 무슬림은 늘 희생자였잖우, 응? 사실 처음부터 예고된 일이었지. 에드워드는 에드워드답게 희생자를 사랑했으니 무대도 준비된 셈이었고." 조앤이 텃밭을 내다보더니 자기 머리카락을 헤집었다.

"돌이켜보면, 한두 가지 초기 징후가 있었어요." 스튜어트가 조심스레 지적하는 것으로 침묵을 깨뜨렸다. "우리 애들도 요원들의 사소한 실수가 생기면 그런 징후들을 찾아보는 것 같더군요. 두어 가지 예를 들면요, 조앤?" 스튜어트가 펜을 고쳐들었다.

"징후라고 해야 할지 어떨지는 모르겠지만, 아무튼 그 일이 터졌을 때 우린 곧바로 본부에 보고를 했어요. 플로리안이 세르비아 자료를 런던과 미국에 넘기기를 거부하고 곧바로 보스니아에 주겠다고 고집을 부렸거든. 런던이 자료를 늦게 전달하는 바람에 다음 학살 때 방어를 할 수 없게 된다는 얘기였지. 그래야 정상이라고 주장했지만 그야말로 개소리 아닌가? 당연히 런던도 허락하지 않았지. 어떻게 그러겠수? 현장 요원이 자료를 지역 전투원들한테 넘긴다고? 말도 안 돼. 영국 우방은 어쩌고? 나토는? 에드워드한테도 그렇게 말했어요. 도대체 그게 무슨 말이야? 좋든 싫든, 우리가 속한 동맹이야. 내가, 아니 우리가 몰랐던 사실은 그가 오지의 비동맹 가족과 깊은 사랑에 빠졌다는 거유. 특별히 종교적이지는 않았지만(그건 에드워드에게도 전제 조건이었을 거야) 무슬림 전통에 뿌리를 둔 데다 아랍 엔지오에서 일하는 여자였지. 요원의 삶을 구석구석 다 챙길 수는 없지 않겠수, 응?"

"불가능해." 필립이 퉁명스럽게 맞장구를 치고 다시 생각에 잠겼다.

"우리가 어떻게 알았겠수? 아니, 플로리안이 보고하지 않으면 아무도 알 수가 없었지. 나도 그렇게 본부에 보고했고. 어떻게 해야 하죠? 베오그라드 지국은? 언덕 너머의 플로리안은?"

"당신이 할 수 있는 일은 하나도 없었어." 필립이 조앤의 손을 잡고 어루만져 주었다.

*

조앤에 따르면, 그녀가 그 마을을 안 것은 상황이 끝난 후였다. 그때는 이미 잔해와 파편뿐이었다. 수많은 묘석과 함께.

그 마을은 플로리안에게 특별한 곳이었다. 그를 받아들인 곳이 아닌가. 그는 기회가 있을 때마다 돌아가려고 했다. 당시만 해도 조앤은 그 정도밖에 알지 못했다. 플로리안이 마을 얘기를 두어 번 하기는 했다. 원조 트럭 짐칸에 웅크리고 앉아 플로리안에게 브리핑을 할 때 같은데, 그때도 마을보다 마을 사람 얘기가 주를 이루었다.

사실, 마을이든, 마을 사람이든 조앤은 별로 관심이 없었다. 플로리안이 무사한지 확인하고, 다음 만남을 정하고, 그에게서 정보를 받아 베오그라드에 흘려주면 그만이었다.

플로리안의 설명에 의하면, 휑뎅그렁한 산골에 자리 잡은 평범한 보스니아 마을이었다. 사라예보에서 하루 정도 운전해야 도착할 거리였으며, 모스크 하나, 그리고 성당과 정교회가 하나씩 있었다. 때문에 이따금 두 교회의 종소리와 회교의 기도 시각을 알리는 고함 소리가 뒤엉키기도 했지만, 아무도 개의치 않았다. 플로리안도 멋있지 않느냐고 되물었다고 한다.

"종교가 있으면 착해진다는 얘기는 씨도 안 먹혔지만, 적어도 사람들을 갈가리 찢어발기지는 않는다고 믿는 사람이었어. 그러니 대단하잖아? 마을에 댄스파티가 있으면, 모두 합창을 하고 함께 취할 때까지 술을 마셨지."

그래, 인정해요, 꿈같은 마을이었으니까. 조앤이 말을 이어갔다. 다만, 마을 사람들이 지난 500년 동안 지켜왔던 보스니아 전통을 따르며 살 때 얘기였다. 모두가 미쳐 날뛰기 전 얘기다.

"이 특별한 마을이 플로리안에게 낙원처럼 보인 이유가 있었어요. 그가 떠맡은 놀라운 가족 때문이었지. 유감스럽게도 당시에는 대수롭지 않게 여겼어요. 어쩌다 기막힌 기회가 생겨 지역 병력 정보를 얻으려고 들어갔는데 갑자기 교양 있는 가족 테이블에 앉아 있게 된 거유. 아름다운 요르단 부부와 젊은 아들과 함께 19세기 프랑스 소설의 매력을 논하면서. 책임을 모면할 생각은 없지만, 그런 식의 일탈이 대수로운 일은 아니잖수? 누구나 한 번쯤은 어느 날 삶을 뒤흔드는 경험을 하니까. 평생 다섯 번은 겪을걸? 그래요, 플로리안이 주저리주저리 꿈의 가족 얘기를 늘어놓을 때 제대로 듣지 않은 건 분명해요. 지금 와서 후회하지만 말이유. 내 관심은 오로지 병력 이동에 관한 내용뿐이었으니까."

"당연하죠." 스튜어트가 기록을 하며 인정했다.

조앤이 자기 손가락을 세었다. 조앤이 알아냈을 때는 이미 엎질러진 물이었다. 본부의 지시에 따라 사후 복기를 하기 시작한 후였다. 얘기가 너무 빠른 건 아니겠지, 스튜어트?

아뇨, 조앤, 아주 좋아요.

"요르단 의사였어. 이름은 파이잘, 프랑스에서 공부하고 면허를 땄어요. 아내도 요르단인이었고. 이름은 살마. 믿을진 몰라도 알렉산드리아와 더럼 대학을 졸업했다더군. 아들은 아아라브, 열세 살이었어요. 암만의 학교에 다니다 방학해서 집에 와있던 거유. 아빠 같은 의사가 되고 싶다고 했지. 이해돼우?"

예, 계속하세요.

"파이잘과 살마는 의료원을 운영했지. 마을 끄트머리의 버려진 수도원이었는데 사우디가 지원하고 비동맹 엔지오가 후원하는 곳이었다오. 식당이 하나, 방목장이 하나 있고 그 사이로 개울이 흘렀어. 기가 막히게 목가적인 곳이더군. 에드워드 말로는 살마는 설계에도 능해서 식당을 야전병원으로 개조했

대요. 남편 파이잘은 아랍 엔지오에서 보조 의료진을 지원했고. 매일 저녁 트럭들이 나타나 부상자들을 내려놓았지. 가장 치열한 전투는 사라예보였지만 산악에서도 총격이 오갔으니까. 마을은 그 의료원 덕분에 일종의 은신처 역할을 한 거유. 그게 큰 실수였지."

*

자정이 넘었을 때였수. 조앤이 얘기를 이어갔다. 베오그라드의 깊은 밤은 고요하기가 그지없다. 조앤이 마지막으로 현장을 돌아본 후 부부는 잠자리에 들었다. 플로리안은 며칠째 연락이 닿지 않았지만 개의치 않았다. 알려진 바로는, 그가 마지막으로 비밀리에 만난 사람이 세르비아군 포병 대령이었고 결과는 본부로부터 축하를 받을 정도로 훌륭했다. 그때 침대 옆 협탁 위에 놓인 녹색 전화기가 울렸다. 요원 전용 전화, 그것도 위급할 때만 울리는 전화였다. 첩보국의 선임 에이전트 러너 조앤이 전화를 받았다.

"허스키한 목소리였어요. 플로리안입니다. 내가 물었지. 플로리안? 플로리안이 누구지? 처음 듣는데? 그때는 에드워드라는 생각을 못했던 거유. 플로리안 목소리 같지가 않았거든. 솔직히 자기 암호명도 몰랐던 것 같아요. 처음 생각은 이랬지. 플로리안이 인질로 잡혔고 이놈은 인질범이다. 그런데 그러는 거유. 조앤, 다 끝났어요. 외국인 억양인데, 너무도 담담하더라고. 그때쯤 필립도 다른 전화기로 듣고 있었지, 그렇지, 자기?"

"계속 말하게 했지. 도리가 없었잖아. 놈은 플로리안도 조앤도 알고 있었어. 뭔가 노림수가 있다는 얘기잖아? 그래서 조앤에게 신호를 보낸 거야. 계속 말하게 해." 필립이 손을 흔드는 시늉을 했다. "그 사이에 교환에게 신호를 추적하게 했지." 대답은 필립이 했다.

"이미 말은 계속하게 했어요. 그런 생각이 들더라고. 이 자를 도발하라. 그래서 물었다오. 조앤이 누구야? 뭐가 끝났다는 거지? 누구인지 밝히면 전화를 제대로 걸었는지 말해주겠어. 그런데 그제야 자기가 에드워드라는 거유. 그래, 분명 에드워드였어. 폴란드 사람 같지 않고 목소리도 제대로였거든. 그 사람들을 죽였어요, 조앤. 파이잘과 아들을요. 그래서 내가 그랬수. 끔찍한 일이군, 에드워드. 지금 어디예요? 왜 이 전화를 사용한 거죠? 그는 마을에 있다고 했어요. 어느 마을? 내가 물었어요. 그런데 자기 마을이라는 거야. 그래서 결국 마을 이름을 알아냈지."

*

당시 조앤이 취한 조치는 아주 기이했다. 설명까지 부족한 탓에 스튜어트는 얼마나 기이하고 대담했는지조차 언뜻 이해하지 못했다. 조앤은 통역가, 운전사, 사복 차림의 특수부대 부사관을 한 명씩 대동하고 곧바로 언덕마을로 달려갔다. 다음 날 저녁, 마을에 도착했지만 이미 잔해만 남은 상태였다. 모스크는 무너지고 집들도 산산조각이었다. 공동묘지에는 새로 만든 무덤이 즐비했다. 그 옆에 늙은 율법학자가 웅크리고 앉아 있었다.

마을 사람들은 어디 갔죠? 조앤이 물었다.

세르비아 대령이 데려갔소. 세르비아 군인들이 일렬로 세워 지뢰밭 너머로 끌고 갔소. 앞사람 발자국을 따라가야 했지. 아니면 지뢰에 다리가 날아갈 판이었으니까.

의사는요?

죽었소. 아들도. 처음엔 세르비아 대령이 무슨 말인가 하더니 무슬림을 치료했다면서 그 자리에서 총살하더군.

부인은 어떻게 됐죠? 대령이 부인도 쏘았나요?

세르비아 말을 하는 독일인이 있었소. 하지만 늦게 도착하는 바람에 의사와 아들은 구하지 못했지. 종종 마을에 들러 의사 집에 머물던 독일인이었소. 처음엔 독일인이 세르비아 대령과 말다툼을 했소. 오랜 친구들같이 보이더군. 독일인이 말을 잘합디다. 대령에게 자기가 여자를 차지하겠다고 하니까, 대령이 껄껄 웃으며 여자 팔을 잡고 마치 선물하듯 독일인에게 넘겼지. 그러고는 부하들을 트럭에 태우고 떠났소.

독일인은요? 독일인은 어떻게 됐죠? 조앤이 물었다.

죽은 가족을 묻어주고 여자를 지프에 태워 떠났다오.

*

스튜어트는 떠나기 전에 생각을 정리할 시간이 필요했다. 그래서 잠깐 집 구경을 하기로 했다. 필립과 스튜어트는 채프먼을 앞세워 작은 텃밭을 에둘러 농막에 들어갔다. 그곳에도 책상과 의자, 컴퓨터가 있었다. 나무로 된 벽에는 1979년 첩보국 크리켓팀 단체 사진이 걸렸다. 서까래에는 말린 마늘을 망에 넣어 매달아놓았다. 벽을 따라 호박과 애호박을 심은 흙분들이 나란히 서 있었다.

"우리끼리 하는 얘기지만 자네 아이들한테는 입도 벙긋하지 말게. 연금이 날아갈지도 몰라. 우리가 인간 역사의 흐름을 바꾸려는 것도 아니잖아, 안 그래? 늙은 스파이 대 스파이로서, 차라리 남성클럽을 더 자주 다닐걸 그랬나 봐. 자네가 무슨 생각을 하는 건지 도통 모르겠으니 말이야."

*

타깃이 정기적으로 찾아가는 중심가의 가게나 상점들.

타깃이 친해지거나 일부러 찾아가 호의를 베푸는 점주들. 그 보답으로 점주들이 보여주는 호의들.

타깃이 누군가의 전화기나 컴퓨터를 빌리는 순간. 오가는 교통량 기록.

하지만 빌리, 뭘 해도 좋으니, 제발 말들을 놀라게는 하지 말게나.

8

줄리언은 청색 맞춤 정장을 입어보았지만 너무 도시적이라는 생각에, 체크무늬 스포츠 재킷으로 갈아입었다. 그런데 그 역시 지나치게 화려해 이번엔 군청색 블레이저로 골랐다. 피커딜리 아케이드의 재단사 버드가 만든 플란넬과 버즈아이 실크타이도 챙겼다. 말하자면 잘나가던 과거의 혜택에 기댄 것이다. 그는 타이를 맸다가 풀었다가 아예 벗겨서 블레이저 주머니에 집어넣었다. 맸다가 풀기를 벌써 몇 번째인지 모를 정도다. 게다가 48시간 전에 전화를 받은 이후, 해결되지 않는 의문들이 계속 머리를 맴돌며 혹사했다.

"여보세요." 여자 목소리. 수화기 어딘가에서 모던록이 시끄럽게 울리다가 갑자기 멈추었다.

"여보세요. 줄리언 론즐리……."

"예, 서점이죠? 언제 오실 수 있죠?"

설마 데버라? 〈닥터 지바고〉의 머리 스카프를 쓴?

"음, 목요일이 괜찮으시면……."

"목요일 좋아요. 엄마한테 얘기해둘게요. 생선요리 좋아하세요? 엄마는 생선만 드실 수 있거든요. 아, 전 릴리라고 해요. 딸이에요." 그녀는 마치 딸이라는 단어가 저주라도 되는 듯 목소리를 낮추었다.

"안녕하세요, 릴리. 난 뭐든 잘 먹어요." 줄리언이 대답했다. 에드워드와 그렇게 많은 시간을 보냈건만, 데버라와 에드워드한테 딸이 있다는 사실조차 모르고 있었다니! 어쩐지 한 방 먹은 느낌이었다. 릴리의 목소리는 부친의 중후한 톤과 달리, 생생하고 활달했다.

"7시 괜찮아요? 엄마가 일찍 주무시는데 한 시간 정도는 늦춰도 괜찮답니다."

"7시 좋습니다."

*

놀랄 일은 거기서 그치지 않았다. 책방의 랩톱컴퓨터 두 대가 사라진 것이다. 저장실과 지하실. 경찰이 뒤늦게 나타났지만 범인을 모르기는 줄리언이나 다를 바 없었다.

"진짜 전문가의 솜씨입니다." 사복 차림의 경사는 그 말만 뇌까렸다. "최소 삼인조일 겁니다. 하나는 주의를 분산하고 하나는 작업을 하죠. 혹시 히스테리 발작을 일으키거나, 아이를 잃었다고 징징대는 여자가 있었나요? 아, 없군요. 관심을 빼돌리는 순간 공범 A가 저장실에 들어가고 그 사이 공범 B가 계단 아래 지하실에 내려가 훔치는 겁니다. 펑퍼짐한 옷차림의 여자는요? 기억 안 나요?" 그러더니 목소리를 낮추며. "혹시 내부자 소행은 아닐까요? 저기 매슈라는 직원은요? 제가 알기로 전과는 없지만, 어쨌든 다들 처음은 있는 법 아닙니까, 예?"

제일 이상한 건 에드워드의 반응이었다. 그날 저녁 왔을 때 줄리언이 컴퓨터 도난 얘기를 했다. 에드워드의 소중한 고전도서관 이메일들이 단긴 바로 그 컴퓨터였다. 표정도 몸도 변화가 없었지만, 멍한 시선만큼은 흡사 사형선고를 듣는 사람처럼 보였다.

"둘 다예요. 백업을 하지 않았나 보네요." 줄리언이 물었다.

고갯짓.

"그럼 모두 잃은 모양입니다. 그래도 기록해둔 건 있습니다. 위층 랩톱으로 제가 입력하겠습니다. 일단 급한 불부터 끈 다음에."

"그렇게 함세." 에드워드가 대답했다. 언제 봐도 회복력은 대단한 양반이다.

"편지가 있습니다. 메리라는 분한테서." 줄리언이 편지를 건넸다.

"누구 편지?"

"메리. 벨사이즈파크의 숙녀분. 답신을 써주셨어요."

줄리언이 중요한 편지를 배달했다는 사실을 잊은 걸까?

"아, 고맙네. 친절하기도 하지." 하지만 친절한 사람이 줄리언인지, 메리인지는 분명치 않았다.

"메시지도 하나 있습니다. 말로 전하라고 하셨어요. 말씀드릴까요?"

"얘기도 했던가?"

"왜요? 잘못했나요?"

"얼마나?"

"8분이나 9분쯤. 옆집 레스토랑에서요. 대부분은 답신을 썼지만요."

"자네가 중요한 얘기를 했던가?"

"아뇨, 중요한 문제랄 것도 없습니다. 주로 에드워드 얘기였죠."

"그녀는 어떻던가?"

"그분이 전하라는 말씀이 바로 그겁니다. 잘 계신다고. 아름다우시더군요. 아, 그 말은 그분이 아니라 제 의견입니다."

비록 찰나였지만 에드워드의 우울한 얼굴에 낯익은 미소가 스쳐 지나갔다.

"정말 고맙네. 고맙고 또 고마우이." 에드워드가 두 손으로 줄리언의 손을 힘껏 잡은 후 놔주었다.

맙소사. 정말 눈물을 흘린 건가?

"괜찮겠나?" 그 말인즉, 조용히 편지를 읽고 싶으니 잠시 자리를 피해달라는 뜻이다.

하지만 줄리언은 아직 그럴 생각이 없었다.

"내일 밤에 선생님 댁 저녁 식사에 초대받았습니다. 혹시 모르실까 봐."

"기대하고 있다네."

"왜 따님이 계신다는 말을 안 하셨어요? 제가 그렇게 평판이 흉악한가요? 사실, 조금 당혹스러웠습니다. 그건 마치……."

마치 뭐지? 아니, 모르겠다. 아무려면 어때?

에드워드가 두 눈을 질끈 감더니 길고 긴 한숨을 내뱉었다. 비록 잠깐이었지만 그를 안 이후 그렇게 지친 모습은 처음이었다. 다행히 입을 열기는 했다.

"유감스러운 일이네만 릴리가 몇 년간 런던에서 혼자 살았다네. 내 바람과 달리 우리 가족이 그렇게 살가운 관계는 아니었어. 딸아이는 나한테 실망했지. 그나마 다행히 엄마가 어려울 때 돌아왔지 뭔가. 자 이제 편지를 읽어도 되겠나?"

*

버드의 타이는 마음에 들었다. 줄리언은 그날 아침 델리에서 선물로 포장한 샴페인 병을 냉장고에서 꺼냈다. 그는 도시풍의 외투 대신 낡은 레인코트를 입은 뒤, 가게 문을 잠그고 낯익은 길을 따라 실버뷰로 향했다. 강렬한 호기심에 암울한 전조가 마구 뒤섞인 기분이었다. 비포장길에 이르니, 대피로에 흰색 고물 밴이 서 있고 앞좌석엔 젊은 커플이 열심히 포옹을 하고 있었다. 대문은 활짝 열려 있었다. 그가 벨을 누르기도 전에 현관문이 열렸다.

"줄리언?"

"아, 릴리?"

릴리는 작고 발랄했다. 짙은 머리를 소년처럼 자르고 입은 비웃듯 꼭 다물었다. 헐렁한 진 위로 줄무늬 앞치마를 입었는데 주머니가 붉은 하트 모양이었다. 처음 보는 사람이건만 줄리언을 빤히 바라보는 눈빛이 이채로웠다. 청색 블레이저, 실크타이, 론즐리 베터북스 스텐실 로고를 새긴 가방. 릴리는 아버지처럼 눈이 갈색이고 깊었다. 그녀가 문을 반쯤 닫고 나와서는 옆으로 한 발짝 내려섰다. 그리고 묘한 동작으로 두 손을 앞치마 주머니에 넣더니 마치 동료를 맞이하듯 어깨로 줄리언을 툭 쳤다.

"이봐요, 그런데 가방에 뭐가 있어요?"

"샴페인. 시원하게 냉장해서 당장 마셔도 됩니다."

"멋지네요. 엄마는 공식적으로 치료 중이잖아요? 그날이 멀지 않았다는 건 엄마도 알지만 동정은 또 질색이세요. 뭐든 생각나는 대로 말씀하는데 생각도 참 많이 하거든요. 그러니까 무슨 일이든 가능하다는 얘기예요, 예? 그래서 우리 집에 오게 되신 거고요, 알죠?"

릴리를 따라 계단을 올라가는데 어쩐지 이 휑뎅그렁한 저택에 침입한다는 기분이 들었다. 어찌나 고색창연한지 부동산업자 말마따나 현대적으로 수리가 필요할 듯싶었다. 노란 아나글립타 벽지에 대령의 유화가 잔뜩 금이 간 채 걸렸고 골동품 기압계들도 병사처럼 줄지어 붙어 있었다. 조명은 천장에 달린 쇠바퀴 샹들리에가 유일했다. 그 위의 전기 촛불에서 노란 촛농을 뿌려댔다. 홀 안쪽으로 곡선의 마호가니 계단이 보였는데 장애인이 오를 수 있도록 하얀 손잡이들을 설치해두었다. 그런데 지금 들리는 음악이 베토벤이었던가?

"엄마, 손님이 샴페인을 갖고 오셨어! 예쁘게 화장하고 와요!" 그녀는 대답도 기다리지 않고 줄리언을 거실로 이끌었다. 거실 역시 썰렁하기는 마찬가지였다. 대리석 벽난로 위 청동 항아리에 드라이플라워가 가득했다.

벽로 앞에는 회색 소파 두 개가 싸움이라도 벌일 듯 바짝 붙어 있었다. 벽감에는 가죽 장정의 책들이 잔뜩 꽂혔다. 그리고 방 맨 안쪽에 실버뷰의 주인공, 에드워드 에이번 씨가 보였다. 적갈색 스모킹재킷과 비슷한 색에 금색 끈을 장식한 슬리퍼 차림이라 완전히 다른 사람처럼 보였다. 은발을 산뜻하게 빗질해 귀 뒤로 가볍게 넘겼다.

"줄리언, 친애하는 친구, 어찌 이보다 기쁘겠는가!" 그가 자애로운 손을 내밀었다. "그래, 릴리와는 인사했겠지? 잘했네! 그런데, 맙소사, 뭘 들고 온 게야? 샴페인이라고 했던가? 릴리, 엄마가 내려오고 있니?"

"금방 오실 거예요. 일단 샴페인을 냉장고에 넣고 식사를 내올게요. 내가 소리치면 후다닥 달려들 와요. 알았죠, 아빠?"

"그래, 물론이지."

에드워드와 줄리언은 커피테이블을 사이에 두고 마주 앉았다. 은쟁반에는 유리병과 잔이 놓여 있었다. 그런데, 에드워드의 눈빛이 이상했다. 줄리언도 그런 눈빛은 처음이었다. 도대체 무슨 근심이 있기에?

"셰리주 한잔 괜찮지, 줄리언? 아니면 좀 더 독한 술로 하겠나? 혹시나 해서 말해두네만, 이 집에서는 자네가 런던 다녀온 사실을 모른다네."

"예, 알겠습니다."

"책방에 고전도서관을 만든다는 사실은 알고 있지만, 컴퓨터 도난 얘기라면 괜한 걱정만 할 테니 피하도록 하세. 데버라가 그런 문제에 민감하거든. 물론 다른 화제라면 얼마든지 좋네. 이 시간이 아내가 제일 쌩쌩할 때야."

위층에서 베토벤이 멈추자, 넓은 집 특유의 삐걱거리는 소리와 웅성거림이 그 자리를 대신했다. 에드워드가 셰리주를 두 잔에 따라 하나를 줄리언에게 건넸다. 그리고 잔을 가볍게 입술로 가져가며 조용히 건배를 권했다. 줄리언도 건배에 화답했다. 그 신호를 계기로 에드워드가 조금 목소리를 높여 대화를 시작했다.

"데버라가 이 기회를 목 놓아 기다렸다네, 줄리언. 장인께서 마을 공공도서관과 오랜 연을 맺었는데, 아내도 그 기억을 소중히 여기지. 가족 신탁은 여전히 중요한 기부로 남아 있기도 하고."

"멋집니다. 정말로……." 줄리언도 큰소리로 대답했다. 사실 '감동적'이라고 덧붙일 생각이었으나 부엌에서 식기 다루는 소리가 나는 바람에 대신 릴리에 관한 것을 묻기로 했다.

"직업이 뭐냐고 물었나?" 에드워드는 생소한 질문이라도 된다는 듯 잠시 뜸을 들였다. "한동안 요리를 하고 엄마를 돌보았지. 그런데 직업이라……." 그게 그렇게 어려운 질문이었나? "릴리의 특기는 그림이라네. 나로서는 순수미술을 하면 좋겠네만 어쨌든 그림은 그녀의 첫사랑과도 같지. 그렇고말고."

"그래픽 아트나 상업미술 쪽인가 봅니다."

"맞아. 그런 종류야. 정확하게 맞혔네."

두 사람을 구해준 것은 계단을 내려오는 바베이도스 남자의 아름다운 목소리였다.

"조심하고요…… 한 번에 한 단씩, 자…… 좋아요, 잘했어요……. 천천히, 천천히…… 아주 잘하고 있어요. 예, 그렇게 하면 돼요." 그리고 그 말에 이은 가벼운 발소리.

두 사람이 품위 있게 팔짱을 하고 화려한 계단을 내려오는데 정말로 두 사람의 전성기 같았다. 젊고 기가 막히게 잘생긴 흑인 신랑은 입술을 거의 움직이지 않은 채 서약하고, 날씬한 신부는 온통 새까만 옷에 가느다란 금색 벨트를 했다. 회백색 머리가 동안의 얼굴 양쪽으로 날개처럼 펄럭였다. 신부는 한 손으로 난간을 잡고 금빛 샌들 끝으로 더듬더듬 다음 단을 건드렸다.

"줄리언이 왔어요?" 그녀가 우아한 목소리로 물었다.

"예, 왔습니다, 데버라. 안녕하세요. 초대 감사드립니다."

"마실 것 좀 주던가요? 이 집 서비스는 늘 어딘가 모자란답니다."

"샴페인을 가져왔어요, 여보." 에드워드가 위를 보며 말했다.

"용케 시간을 내셨군요." 데버라가 남편 말을 무시한 채 이어갔다. "서점 운영이 늘 골치 아플 텐데 말이에요. 이곳 건축가들이 다들 능력자라고 들었어요. 그렇지, 밀턴?"

"물론입니다." 신랑이 맞장구를 쳐주었다.

에드워드가 팔꿈치로 줄리언을 찔렀다. "자, 우리도 안으로 들어가는 게 좋겠네. 괜찮겠지, 밀턴?" 그가 계단을 올려다보며 말했다. "상석 의자로, 문 바로 옆에?"

"예, 알겠습니다, 테드."

에드워드가 이번엔 아버지 목소리를 냈다.

"얘야, 릴리, 부엌에서 나는 음악 소리 좀 줄여주겠니? 그러다가 엄마가 다시 위층으로 달아나시겠다, 응?"

"아차…… 끌게요. 미안해요, 엄마." 음악이 멈췄다.

모두 다른 방에 들어갔다. 역시 썰렁한 공간이었다. 반대쪽 벽에 갈색 나무 책장들이 늘어서 있었는데 여기저기 빈 곳이 확연히 눈에 띄었다. 한때는 그 위대한 컬렉션이 있었겠지? 식사용 테이블은 한쪽 끝에 마련되어 있었다. 연분홍색 냅킨, 은제 촛대, 받침대, 찜요리, 후추그라인더. 식탁 상석에 데버라가 앉은 등 높은 왕좌에 병원 덧베개를 받쳐놓았다.

"도움이 필요하니, 릴리? 늘 그렇듯 방해만 되겠지?" 에드워드가 배식창에 대고 물었다. 하지만 대답 대신 접시 부딪치는 소리와 오븐 문을 쾅 여는 소리, 그리고 망할! 소리만 또렷이 들려왔다.

"제가 도울까요?" 줄리언이 말했지만 에드워드는 샴페인을 따느라 바쁘고 릴리는 그릇과 접시들을 세팅하느라 바빴다.

데버라와 밀턴은 아직도 발레 놀이 중이었다. 밀턴이 데버라의 허리를 잡고 뒤로 젖히자 데버라는 우아한 동작으로 의자 베개에 등을 기댔다.

"9시 30분에는 침대에 드시는 겁니다, 데버라?" 밀턴이 물었다.

"침대에 누워 있는 것도 피로한 일이야, 안 그래요, 줄리언?" 데버라가 투덜댔다. "자, 앉아요, 줄리언. 다른 사람은 일하고 우리는 앉고."

어딘가에서 인용한 말일까? 이 사람들 어쩌면 인용구로만 대화를 하는지도 모르겠다. 줄리언이 자리에 앉았다. 이미 데버라를 향해 애정이 샘솟고 있었다. 아니, 존중일까? 아니면 사랑? 데버라는 그의 어머니고 살날이 얼마 남지 않았다. 남편은 바람을 피운다. 데버라는 아름답고 나이가 많고 정말 용감하다. 지금 사랑하지 않으면 때가 늦으리로다. 에드워드가 샴페인 잔을 각자의 받침대에 세팅했으나 데버라는 못 본 척했다.

"9시 반이면 괜찮죠, 테드?" 밀턴이 데버라의 머리 너머로 물었다.

"난 괜찮네, 밀턴." 에드워드는 릴리를 위해 배식창에 잔을 놓았다.

밀턴이 곧바로 밖으로 나갔다.

"연인이 있어요." 문이 닫히자 데버라가 줄리언에게 고자질했다. "마을 어딘가에 산다는데 우린 모른답니다. 연인이 남자인지 여자인지도 못 물어봐요. 릴리 말이 그건 무례한 일이라네요."

"무례하고 말고요." 릴리가 배식창을 통해 끼어들었다. "건배, 엄마."

"그래, 너도. 자, 건배해요, 줄리언."

에드워드는 빼고?

"이곳엔 완전히 정착한 건가요? 아니면 여전히 런던을 그리워하나요?" 데버라가 물었다.

"별로 아쉽지 않습니다, 데버라. 돌아갈 생각도 없어요. 아파트가 한 채 있기는 해도 팔려고 내놨답니다."

"쉽게 팔리겠지요. 신문을 보니 요즘 부동산시장이 호황이라더군요."

죽어가는 사람이 할 얘기가 아닌데? 살지도 못할 집들에 관한 기사를 읽는다고?

"그래도 가끔 올라는 가죠?"

"가끔요." 벨사이즈파크에 간 적은 없답니다.

"일이 있을 때? 아니면 여기 사람들한테 질렸을 때?"

"일이 있을 때죠. 당연히 이곳에 질리거나 물린 적은 없습니다, 데버라." 그가 호기롭게 대답했지만 애써 에드워드의 시선을 피했다.

줄리언은 메리에 대해 생각했다. 데버라를 본 이후 계속 에드워드의 두 여인을 비교했으나 당연히 부당한 경쟁이다. 메리의 무기가 따뜻함이라면 데버라는 자제력이기 때문이다.

릴리가 부엌에서 나오더니 먼저 어머니의 머리부터 매만졌다. 내려오는 동안 머리가 눈에 띄게 헝클어졌다. 그리고 어머니의 이마에 키스하고 샴페인을 한 모금 꿀꺽 들이켠 다음 배식창에서 토스트와 작은 접시들을 가져왔다. 릴리는 줄리언의 오른쪽에 자리를 잡았다. 에드워드는 찬장에서 접시와 병을 갖고 수선을 피웠다.

"홀스래디시 필요하신 분? 세인즈버리 최고급인데요. 이봐요, 괜찮아요?" 그녀가 다시 팔꿈치로 줄리언의 갈빗대를 찔렀다.

"좋아요. 그쪽은요?"

"나야, 아주 좋죠." 그녀가 특유의 멋들어진 이튼식 영어로 대답했다.

"훈제장어도 다오." 데버라가 흥겨운 목소리로 말했지만 장어 접시는 그녀가 앉은 이후 계속 그 앞에 놓여 있었다. "내가 제일 좋아하는 요리지. 고맙구나, 릴리. 샴페인으로 넘기면 되겠지만 이러다 돼지가 되겠어. 줄리언?"

"예?"

"서점 말이에요. 잘될까요? 돈벌이 얘기가 아니에요. 돈이야 늘 있고도 없는 법이니까. 게다가 부자잖아요. 그렇게 들었어요. 내 말은 이 지역에서 고급 서점으로 성공할지 묻는 거예요. 우리 장서의 문화적 자매 서점으로? 주말 여행객들과 이주민들이 북적거리는 이 작고 가난한 마을에서?"

줄리언이 당연히 자신 있다고 답했지만 질문은 거기에서 그치지 않았다.

"내 말은 그러니까, 정말 가슴에 손을 얹고 말할 수 있겠어요? 고서점이 여기 보통 사람들의 마음을 사로잡을까요?"

"잘하실 거예요, 엄마. 분명해요. 대단한 분이잖아요, 그렇죠, 줄리언? 나도 서점을 봤는데 말 그대로 문학 백화점이던걸요. 우리 보통 사람은 신경 안 써도 돼요. 여피들이 떼로 몰려들 테니까."

릴리는 샴페인이 떨어지자 화이트 와인을 한 모금 마셨다.

"하지만 줄리언, 시대가 시대라서요. 그러니까, 에드워드가 완전히 비상업적인 일을 밀어붙일지 모른다는 생각은 안 해봤어요? 확실해요? 저 양반, 사람을 아주 기막히게 주무르거든요. 특히 옛 동창 아들이 개입한 경우라면요." 데버라가 집요하게 물고 늘어졌다.

"절 주무르시는 겁니까?" 줄리언이 장난스럽게 에드워드에게 물었다. 에드워드는 여전히 유리잔을 정리하느라 바쁜 탓에 2미터 거리의 대화에 전혀 참여를 못 하고 있었다.

"물론이네, 줄리언!" 그가 짐짓 아무렇지도 않은 척 대답했다. "아직 눈치를 못 챘다니 놀랍군그래. 심야에도 문을 열게 하고 매일 저녁 나 같이 쓸모없는 늙은이를 맞이하게 만들 생각이네. 그 정도면 고단수로 사람 다루기 아니겠는가? 릴리, 내 말이 맞지?"

"네, 아무튼 조심해요, 내가 해줄 말은 그뿐이네요." 데버라가 조용히 경고했다. "아니면 어느 순간 빈털터리가 될 수 있어요. 저 양반이 쓸데없는 책만 잔뜩 사게 할 테니. 기독교도인가요, 줄리언?"

그때 릴리가 테이블 밑에서 손을 잡는 통에 대답이 더 어렵게 되고 말았다. 다만 그가 판단하기에, 작업을 거는 그런 식이 아니라, 끔찍한 영화를 보던 중 자신도 모르게 상대의 손을 잡는 것 같은 분위기였다.

"아닙니다. 적어도 현재는요." 줄리언이 대답하고는 릴리의 손을 꼭 잡아 용기를 주고 가볍게 놓아주었다.

"기성 종교에 불만이 있군요. 나처럼. 그래도 난 평생을 내 부족의 미신에 집착했어요. 물론 부족의 의식에 따라 매장되겠죠. 부족 출신인가요?"

"어느 부족에 속하는지 저도 알고 싶습니다, 데버라. 그럼 저도 노력을 할 텐데요." 그가 대답했다. 그런데 놀랍게 릴리의 손이 다시 돌아왔다.

"나한테 기독교는 종교라기보다 소중히 여겨야 할 가치 같은 거예요. 그 가치를 지키기 위해 치러야 했던 희생이기도 하고. 그런데 마을 도서관에서 내 부친의 훈장들을 본 적 있나요?"

"아뇨, 몰랐습니다."

"최고 훈장들이에요. 최고 등급." 릴리가 끼어들었다.

"알다시피, 기금을 후원했거든요. 애야, 너무 많이 마시는 것 아니니?"

"힘을 키울 필요가 있어요, 엄마." 릴리가 대답했다. 그녀의 손은 이제 줄리언의 손바닥 안에서 편안하게 자리를 잡았다. 마치 오랜 친구처럼.

"도서관 복도 서쪽 벽이에요. 아주 멋지게 자리를 잡았죠. 황동판으로 장식해서 작은 상자 안에 넣어두었어요. 아버지는 제1차 작전에서 노르망디에 상륙해 전공십자훈장에 선장線章 한 줄을 받았어요. 선장은 아주 평범한 장식이지만 많은 얘기를 해준답니다."

"당연히 그렇겠죠."

"그런데 커피숍이 있다죠? 2층에? 매슈한테 들었어요."

"그리고 대령의 부친은 갈리폴리에서 전사했어요. 에드워드가 얘기하던가요?"

"아뇨, 듣지 못했습니다."

"그렇겠죠. 그런 얘기 할 사람이 아니니까."

"장어가 무지 미끈거리죠, 테드스키?" 릴리가 테이블 너머로 물었다. 여전히 줄리언의 손을 포기하지 않았다.

"그래도 재미는 있구나. 이제 본격적으로 싸울 참이다." 에드워드가 대답했다. 그는 생선을 싫어했다.

줄리언은 문득 그런 생각을 했다. 삶 자체가 사람들을 화해시키는 데 최고급 마스터 과정이 아니었던가. 그래, 이 어색한 분위기를 깨보자.

"사실 미술 축제를 부활시키고자 합니다. 마을에 새로운 바람을 일으키고 싶어요. 데버라. 혹시 들어보셨나요?"

"아뇨, 못 들었어요."

"지금 말하잖아요, 엄마. 그러니까 잘 들어봐요." 릴리가 도와주었다.

"처음엔 반발이 조금 있기는 했죠. 유지들이 흥미를 보이지 않더군요. 혹시 제가 말씀드리려는 주제에 대해 조언하실 말씀이 없을까요?"

생각은 해봤을까? 안 했을까?

릴리는 손을 거두고 뱀장어 접시들을 배식창으로 가져갔다. 데버라는 그의 질문을 숙고하는 듯 보였다. 샴페인 덕분에 두 뺨에 붉은 홍조가 피어나고 크고 창백한 눈이 백색광을 뱉어냈다.

"남편은 진보적인 인물인데 영국에 새로운 엘리트 계급이 필요하다고 주장한답니다. 참신한 생각이잖아요? 그걸 지침으로 삼으면 어떨까요?"

"축제의 지침으로 말씀입니까?"

"아뇨, 축제가 아니라. 고전 장서 얘기예요. 옛 지침은 버리고 미지의 지침으로 시작하는 거죠. 대안으로 누군가 새로운 독자층을 제안할 수도 있겠죠. 하지만 그럼 달을 보고 짖는 격이 될까요?"

총체적 혼란. 도대체 무슨 뜻이지? 에드워드는 스스로 부엌돌이를 자처하고 생선 파이를 준비 중이었다. 릴리는 테이블에 돌아와 남은 손으로 턱을 괸 채 상념에 잠겼다. 용감한 줄리언이여, 언제나처럼 혼자 싸우리라.

"에드워드가 진보적이라니 놀랍군요, 데버라. 전 오히려 보수적으로 보았습니다. 어쩌면 홈부르크모자 탓에 속았을 수도 있겠죠." 줄리언은 마치 에드워드가 자리에 없기라도 한듯 말했다. 사실 웃으라고 한 얘기인데 릴리가 코웃음을 치기는 했다. 데버라는 무섭게 인상을 찡그릴 뿐이었다.

"줄리언, 우리가 왜 부친의 집 이름을 실버뷰로 바꾸었는지 말해드려야겠군요." 데버라가 그렇게 말하곤, 마지막 남은 샴페인을 화가 난 듯 벌컥벌컥 들이켰다.

"오, 엄마!"

"아니, 에드워드가 이미 멋대로 설명을 덧붙였던가요?"

"아뇨, 멋대로든 아니든 금시초문입니다."

"오, 엄마, 제발."

"프리드리히 니체는 들어봤죠, 줄리언? 히틀러가 뽑은 철학자? 에드워드 말로는 당신이 어떤 문화 영역엔 늦깎이라더군요."

"세상에, 엄마." 릴리가 사정했다. 이번에는 벌떡 일어나 달려가더니 엄마를 안고 머리를 쓰다듬기까지 했다.

"결혼 직후, 남편은 일방적으로 프리드리히 니체가 역사적으로 중상모략을 당했다고 결론을 내렸어요."

에드워드가 마침내 발끈하고 나섰다.

"데버라, 일방적이라니 그게 무슨 소리요? 니체 신화를 만들어 우리로 하여금 수십 년간 삼키게 만든 장본인은 다름 아닌 그의 사악한 여동생과 그 못지않게 악랄한 남편이었소. 그

두 악마가 불쌍한 초인을 완전히 다른 인물로 만들어버린 거요. 그가 죽은 이후에 말이요. 세계사의 괴물들이 뛰어난 지성인들을 명분의 희생양으로 삼게 해서야 되겠소?"

"그래요, 물론 나도 그 꼴이 되고 싶진 않으니까. 니체가 목숨을 걸고 우리의 사적 자유를 옹호했다고 하죠. 그래서? 나한테 사적 자유는 언제나 내재적 의무와 짝이었어요. 반면에 니체와 에드워드에게는 그런 게 없었죠. 두 양반한테는 늘 '행동하고 생각하라'가 아니라. '생각하고 행동하라'였으니까요. 너무나 위험한 견해 아니에요, 줄리언?" 데버라가 물었다. 릴리는 여전히 어머니의 머리를 매만졌다.

"생각 좀 해봐야겠습니다."

"엄마, 제발요."

"생각해봐요. 에드워드는 그 누구라도 자기 주장을 받아들여야 한다는 주의거든요. 바이마르에 있는 니체 집이 실버브릭이었어요. 그래서 이 집이 실버뷰여야 했죠. 우린 그 이름을 받아들여야 했고요. 그렇지 얘야? 그게 몇 년이더라?" 그러자 릴리는 가벼운 키스로 엄마의 이마를 덮었다. 너무도 절박해 보이는 표정.

그래도 데버라는 그치지 않았다.

"자, 이제 당신 얘기를 해봐요, 줄리언. 나도 궁금한 게 많으니까."

"제 얘기 말입니까, 데버라?" 줄리언은 애써 가벼운 목소리를 유지했다. 릴리는 다시 그의 곁에 자리를 잡았다.

"그래요, 도대체 어떤 사람이죠? 물론 신의 은총 같은 분이겠죠. 그건 말할 것도 없지만, 왜 그렇게 서둘러 런던의 화려한 생활을 포기했어요? 언뜻 듣기로는, 일종의 반자본주의 신념에 사로잡혔다던데? 한 재산 벌기야 했겠지만 그 얘기는 하지 말죠. 어쨌든 그 정보가 정확한가요?"

"맞습니다, 데버라. 그보다 금속피로증 같았어요. 타인의 돈을 너무 많이 만지면서 생긴 병이죠."

"이 시점에서 건배!" 에드워드가 끼어들어 잔을 들어 보였다. "금속피로증이라. 손에서 시작해 두뇌로 전이되는 병이지. 잘했네, 줄리언. 100점 주겠네."

다시 썰렁한 정적.

"그럼, 이번엔 데버라 차례입니다. 괜찮으시다면요." 줄리언이 치고 들어갔다. 불현듯 도시적 사교술을 발휘한 셈이었다. "에드워드가 언어에 능하다는 건 압니다. 데버라도 정부 소속의 저명한 학자이시죠? 실제로 어떤 일인지 여쭤도 되겠습니까?"

이번에는 릴리가 뛰어들어 질문의 흐름을 바꿔놓았다.

"테드스키는 언어 도사 맞아요. 폴란드, 체코, 세르비아, 크로아티아…… 완전히 언어 창고예요. 그렇죠, 테드스키? 영어도 나쁘지 않아요. 해봐요, 아빠, 줄리언을 놀라게 해줘요. 아는 언어 모두로."

에드워드는 반대하는 척하다가 역시 화제를 다른 곳으로 돌렸다.

"오, 난 앵무새에 불과하잖니. 할 말이 없는데 언어 몇 개 안들 무슨 대수겠어. 독일어는 다 잊고, 헝가리어도 가물가물하고, 프랑스어야 당연하지."

하지만 분위기를 일소한 것은 데버라의 칼바람 같은 목소리였다.

"내 직업은 아랍 전문가예요."

*

커피타임, 줄리언이 몰래 시계를 보니 9시 20분이었다. 데버라가 퇴정하겠다고 한 시간까지 10분이 남았다. 릴리가 사라진 뒤 2층에서 아일랜드 노래를 부르는 여자 목소리가 들렸다. 에드워드는 조용히 앉아 와인을 만지작거렸다. 데버라는 눈을 감은 채 똑바로 앉았는데 마치 안장 위에서 잠든 아름다운 가수처럼 보였다.

"줄리언."

"여기 있습니다, 데버라."

"전쟁 내내, 백부 앤드루는 이 인근에서 과학자로 일했어요. 아주 유능한 분이셨죠. 에드워드가 얘기하던가요?"

"아닙니다, 데버라. 말씀 안 하셨죠, 에드워드?"

"내가 깜빡 잊은 모양이로군."

"극비였어요. 백부께서는 탈진으로 돌아가실 때까지 침묵을 지키셨죠. 당시엔 다들 애국자들이었잖아요. 반전론자는 아니겠죠, 줄리언?"

"아닐 겁니다."

"그런 거 하지 말아요. 밀턴이 오는군요. 언제나처럼 정확하죠. 저 친구한테는 무슨 일을 하는지 물어보지 말아요. 무례한 일이 될 테니까. 와주셔서 고마웠어요, 줄리언. 난 조금 더 앉아 있을게요. 북쪽 계단을 오르려면 추한 꼴을 보여야 하거든요."

그 말에 줄리언은 얼떨결에 귀가를 서둘러야 했다.

에드워드가 현관문이 열려 있는 홀에서 기다렸다.

"너무 고통스럽지 않았기를 빌겠네." 그가 밝은 표정으로 말하며 악수를 청했다.

"아주 좋았습니다."

"릴리도 미안하다고 전해달라네. 집안일이 손이 좀 가야 말이지."

"물론입니다. 대신 고맙다고 전해주세요."

줄리언은 밤공기 속으로 들어갔다. 그리고 과거 습관대로 아주 천천히 길 끄트머리까지 걸어갔다. 막 가볍게 달리기 시작하려는데 앞쪽에서 갑자기 손전등이 켜졌다. 세상에, 저 여자는 〈닥터 지바고〉 스카프의 릴리 에이번이 아닌가!

*

처음에는 서로 거리를 두고 걸었다. 마치 자동차 사고가 난 후 넋을 잃은 채 걸어 나오는 사람들 같았다. 그러다가 릴리가 팔짱을 꼈다. 밤은 어둡고 습하고 무척이나 고요했다. 찌그러진 밴은 여전히 대피선에 있었지만 연인은 뒷자리로 옮겼거나 헤어진 듯싶었다. 중심가의 가난한 지역은 오렌지색 나트륨 불빛의 중고품 가게들이 가득하고 부유한 지역은 밝게 빛났다. 론즐리의 베터북스는 그곳에서도 새로운 자랑거리였다. 릴리는 아무 말 없이 옆 계단을 통해 줄리언의 숙소로 올라갔다. 거실은 장식이 거의 없었다. 투피스 소파, 팔걸이의자, 책상,

독서램프 정도? 수도사적 기질이 그걸 원했기 때문이다. 퇴창으로는 바다가 내다보였다. 다만 오늘 밤은 바다 대신 두꺼운 구름과 빗물이 대신했다. 릴리는 팔걸이의자에 털썩 주저앉아, 휴식 시간의 복서처럼 두 팔을 늘어뜨렸다.

"난 취하지 않았어요, 그렇죠?"

"예, 그래요."

"당신하고 잘 생각도 없고요."

"맞습니다."

"혹시 마실 물 있나요?"

줄리언은 냉장고에서 탄산수를 꺼내 두 잔에 따라 한 잔을 건넸다.

"아빠는 당신을 굉장히 높이 평가해요."

"아버지와 동창이셨다네요."

"아빠가 당신한테 얘기를 많이 하지 않아요?"

"그래요? 잘 모르겠어요. 어떤 얘기죠?"

"나야 모르죠. 아빠 여자 얘기? 아니면 감정? 인생? 보통 사람들이 하는 얘기 있잖아요."

"릴리가 성장할 때 곁에 있어주지 못해 미안해하세요." 줄리언이 조심스럽게 말했다.

"예, 그런 얘기하기엔 너무 늦었죠?" 휴대전화를 만지작거리며. "아무튼 줄리언은 좋은 분이에요. 공손하고. 아부도 잘하고. 엄마도 홀딱 반하셨던데, 그게 쉽지 않은 일이거든요. 이곳에서 신호를 어떻게 잡죠?"

"창문에서 해봐요."

〈닥터 지바고〉 스카프가 흘러내려 목에 걸렸다. 창문을 배경으로 고개를 숙인 채 문자를 보내는데 실루엣이 더 크고 강하고 더 여성적으로 보였다. 휴대전화에서 벌써 삐 하고 답신 신호가 울렸다.

"빙고." 릴리가 탄성을 내뱉었다. 화려한 미소가 부친과 판박이처럼 닮았다. "엄마는 괜찮대요. 지금 잠자리에서 월드 서비스를 듣고 샘은 깊이 잠들었다네요."

"샘?"

"내 아들. 코감기에 걸렸는데 그것 때문에 괴로워해요."

샘, 엄마가 잠자리에서 아일랜드 노래를 불러주는 샘, 에드워드가 언급도 하지 않은 손자, 에드워드가 언급도 하지 않은 딸 릴리의 아들 샘. 문이 열렸다 닫혔다.

"아들은 흑인이에요." 릴리가 휴대전화를 들어 줄리언에게 보여주었다. 웃는 아이의 스냅사진, 그레이하운드의 목을 팔로 감고 있다. "정확하게는 혼혈이지만, 우리 가문에선 오십보백보예요. 엄마는 다른 유색인종은 참아도 흑인은 아니거든요.

자기를 돌봐주는 사람은 예외이지만. 샘을 처음 보고는 어린 검둥이라고 부르더군요. 아빠는 길길이 날뛰고. 그래서 나도 화를 냈어요."

"하지만 런던에서 이따금 부친을 뵙지 않았나요?"

이런, 하지만이라니.

"물론이에요."

"종종?"

"가끔."

"그럼 뭘 하죠? 함께 샘을 데리고 동물원에 가나요?"

"그럴 때도 있죠."

"극장?"

"가끔요. 월턴스에서 점심을 먹기도 해요. 둘이서. 우리를 끔찍이 사랑하시거든요."

그리고 낯선 사람들에게 "접근 금지" 경고를 보내겠지.

*

돌이켜보면 정적이 제일 기억에 남았다. 함께 치열하게 싸운 뒤 찾아든 평화, 그가 자기 삶으로 끌어들인 사람에 대해 품어야 했던 잘못된 관심들. 또한 두 사람의 잡담도 기억이 났다. 너무 거창해 다루기조차 어려웠던 그 대화를 위해 그 잡담이 어떤 역할을 했을까? 릴리는 부모 얘기만큼은 교묘하게 언저리만 건드리고 넘어갔다. 마치 둘의 실체는 절대 건드릴 수 없기라도 하다는 듯. 릴리가 줄리언을 자기 아버지처럼 툭툭 건드린 것도 기억에 남았다. 언젠가 모든 걸 실토할 사람처럼 시험해보는 것이다. 다만 아직은 아니었다.

아니, 샘의 부친은 등장하지 않았다. 위대한 결론으로 끝난 두 사람의 아름다운 실수. 이미 깨끗하게 끝난 일. 정기적으로 찾기는 하지만 지금은 그에게도 새로운 삶이 있고 릴리도 마찬가지였다.

릴리는 그래픽 아티스트가 맞았다. 그건 에드워드도 원했던 바다. 교육을 반쯤 받다가 샘이 태어나면서 나머지 절반은 포기했다. 어쨌든 개떡 같은 수업이기는 했다.

릴리는 어린이 책 몇 권을 쓰고 그렸지만 출판사를 찾지는 못했다. 지금도 다른 책을 쓰고 있었다.

릴리와 샘은 부모의 도움으로 블룸스버리의 작은 아파트에서 살았다. 생활비를 벌기 위해 '싸구려 디자인' 주문을 받았다. 실버뷰에 오면 늘 기분이 암울하다는 말도 했다.

교육? 교육 같은 소리. 태어난 날부터 기숙학교들을 전전했는걸.

남자? 잠깐만, 줄리언. 나와 샘은 잘 지내요. 당신도 그렇잖아요?

줄리언은 자기도 편하다고 대답했다.

둘은 팔짱을 하고 조용한 거리를 걸어 진입로 입구까지 걸어갔다. 뒷문으로 빠져나올 때 에드워드가 정말 눈치채지 못했을까요? 줄리언이 물었다. 에드워드는 그 누구보다 눈치가 빠른 사람이다. 릴리가 고양이라 한들 그를 속일 수는 없었으리라.

고물 밴은 떠났다. 새벽하늘을 배경으로 검은색의 실버뷰가 우뚝 솟아올랐다. 현관엔 노란 불빛이 드리우고, 2층 창 두 곳은 여전히 불이 켜져 있었다. 릴리는 줄리언에게서 떨어져나가며 자기 어깨를 안고 깊게 심호흡을 했다.

"서점에 가서 책을 살지도 몰라요." 그녀는 그렇게 말하더니 뒤도 돌아보지 않고 성큼성큼 멀어져갔다.

9

"10시 30분에 무용 수업이 끝나고 그 후로 상담 시간이에요. 피어슨 씨. 2시까지." 전화 목소리는 폴란드-프랑스 억양에 지극히 사무적이었다. "조금 늦더라도 1층 대기실에 앉아 계시면 됩니다. 상담을 원하는 부모나 보호자처럼요."

10시 15분. 15분 남았다. 스튜어트는 배터시의 허름한 그리스식 카페에 앉아, 진하고 달콤한 블랙커피로 마음을 달랬다. 폭우가 휘몰아치는 거리 맞은편, 붉은 벽돌의 발레 학교가 보였다. 위층의 아치형 창문 블라인드로 어린 댄서들의 그림자가 동작을 취하고 있었다.

전날 밤은 새벽까지 미처리된 도청 자료들을 훑어보았다. 오늘 아침 부국장 퀜틴 배튼비, 법무팀의 두 대가리와 회의가 예정되어 있었으나 마지막 순간 저녁으로 연기되었다. 간신히 세 시간 잠을 잔 다음 돌핀스퀘어에서 샤워를 할 때 엘렌한테서 전화가 왔다. 발굴팀에서 기가 막힌 걸 찾아낸 탓에 며칠 더 머물러야 한단다. 아니면 다른 사람들에게 폐가 된다면서 특허과를 거쳐서 여행사에 귀국 티켓 문제를 얘기해야겠다고 했다.

"그러니까 사람들한테 폐가 될까 봐 더 있겠다고? 정확히 뭘 찾아냈는데?" 그가 심술궂게 되물었다.

"놀라운 물건이야, 스튜어트. 당신은 이해 못 하겠지만." 엘렌이 너무나 태연하게 말하는 바람에 스튜어트만 더욱 발끈해졌다. "지금 로마의 빌라를 발굴하고 있어. 몇 년 동안 찾다가 결국 성공한 거야. 한번 상상해봐. 부엌이 원형 그대로야. 다른 것도 나올 것 같아. 오븐엔 심지어 숯까지 들어 있더라니까. 축하 파티도 성대하게 열었어. 불꽃놀이도 하고 강연도 하는데 기가 막혀."

쓸데없는 얘기들. 거짓말이 먹히지 않을 걸 대비해 아무 얘기나 던지는 것이다.

"그 기적들을 발견한 곳이 어디야?" 그도 무덤덤한 말투로 물고 늘어졌다.

"맙소사, 발굴 현장이지 어디긴 어디야? 아름다운 언덕배기, 지금 거기 서 있어. 아니면 로마 빌라를 어디에서 찾아내겠어?"

"발굴 현장이 지리상으로 어디에 있는지 묻는 거야."

"지금 날 취조하는 거야, 스튜어트?"

"그냥 그런 생각이 들었어. 당신이 지금 머무는 고급 호텔 정원일지도 모른다고." 그는 그렇게 말한 다음, 아내의 다발총 소리를 듣기 괴로워 그냥 끊어버렸다.

*

스튜어트는 세 번째 그리스 커피를 주문했다. 그리고 손으로 턱을 괸 채 조수 안토니아가 옛 파일을 발췌해 스마트폰으로 전송해준 글들을 다시 읽었다.

1973년, 특수지부[5]가 사랑에 빠졌다.

타깃은 오직 춤을 위해 산다. 자연스러운 매력을 타고났으며 자신의 예술에 완전히 몰입한 탓에 정치적, 종교적 연줄은 알려진 바가 없다. 타깃을 가르친 사람들은 하나같이 그녀가

5 Special Branch: 테러 등 국가보안 문제를 담당하는 영국 경찰의 부서

모범생이며 춤으로 최고 경지에 오를 능력이 있다고 말한다.

그리고 40년 후, 특수지부는 더는 그녀를 사랑하지 않는다.

타깃은 20년간 평화운동가 겸 친팔레스타인 활동가, 인권 운동가인 펠릭스 뱅크스테드(신원 파일 첨부)와 동거하고 있다. 대외적으로 사실혼 배우자와 함께 활동하지는 않는 것으로 보이나 뱅크스테드와 나란히 행진하는 장면이 종종 목격된 바 있다. 이라크전쟁 반대 시위의 경우가 그렇다. 상기 시위 현장에서 일정의 참가 횟수를 채운 뒤 타깃은 호박 등급으로 업그레이드된다.

2층 창의 그림자들이 사라졌다. 갑작스러운 폭우에 도로도 정체 상태였다. 아치형 문에서 다인종의 10대들이 쏟아져 나와 정류장 쪽으로 흩어졌다. 스튜어트는 커피값을 내고 레인코트를 걸친 다음, 자동차 사이를 헤치고 반대편 포장도로로 건너갔다.

초인종을 눌러야 하나? 아니면 그냥 들어가? 그는 초인종을 누르고는 대답도 기다리지 않고 곧바로 들어갔다. 텅 빈 벽돌 홀에는 종잇조각들과 무용공고들이 잔뜩 붙어 있었다. 발레 포스터가 가득한 계단을 올라갔다. 예술가의 갤러리이자 교장실 푯말이 붙은 문은 반쯤 열려 있다. 그는 노크를 한 뒤 문을 밀어 그 틈으로 얼굴을 삐쭉 들이밀었다. 키 크고 우아한 여성이 악보대에 똑바로 서서 의심 가득한 눈초리로 스튜어트를 노려보았다. 검은 바지와 레오파드톱을 입었는데 나이를 짐작하기가 어려웠다.

"피어슨 씨?"

"예, 맞습니다. 아니아시죠?"

"공무원이신데 저한테 몇 가지 질문이 있으시다고요, 맞죠?"

"예, 맞습니다. 시간 내주셔서 감사합니다."

"경찰인가요?"

"아뇨, 그럴 리가요. 오래전, 선생님 도움으로 파리에서 에드워드 에이번과 접선했던, 바로 그 기관에서 나왔습니다." 그가 지갑을 보여주었다. 그의 사진과 스티븐 피어슨의 사인이 들어 있었다. 아니아는 사진을 보고도 한참을 그를 바라보았다. 수녀의 눈. 차분하고 순수하고 헌신적인 눈.

"에드워드는…… 잘 있나요? 아니면 무슨 일이라도……."

"제가 아는 한, 에드워드는 잘 있습니다. 좋지 않은 쪽은 부인이죠."

"데버라?"

"예, 데버라 맞습니다. 방이 좀 넓네요. 좀 더 차분하게 얘기할 만한 장소가 있을까요?"

*

아니아의 집무실은 비좁았다. 아치형 스테인드글라스 절반이 칸막이벽으로 가리고 접이식 플라스틱의자 몇 개와 책상 대용의 낡은 가대식 테이블이 놓여 있었다. 손님맞이가 난감했던지, 그녀는 온순한 학생처럼 테이블에 허리를 곧게 펴고 앉아 그를 지켜보았다. 스튜어트는 의자를 끌어당겨 아니아 맞은편에 자리를 잡았다. 아니아는 두 손을 마주 잡았는데, 손가락이 길고 섬세하고 무척이나 우아했다. 어쨌든 얘기는 들어볼 생각이다.

"요즘도 에드워드를 가끔 만나십니까?" 스튜어트가 물었다.

아니아가 깜짝 놀라며 고개를 저었다.

"아니아라고 불러도 될까요?"

"아, 예, 그러세요."

"전 스티븐으로 부르세요. 자, 곧바로 들어가죠? 에드워드를 마지막으로 본 게 언제쯤이죠?"

"오래전 일이에요. 그런데 왜 그런 질문을 하는 거죠?"

"큰 이유는 없습니다, 아니아. 첩보 기관 출신이라면 늘 이런 식으로 질문을 받죠. 그저 에드워드의 차례라고 생각하세요."

"그렇게 나이가 많은데도요? 이젠 그쪽 사람도 아니잖아요."

"우리 사람이 아닌 건 어떻게 압니까? 우리하고 일하지 않는다고 하던가요? 에드워드가? 언제 그런 얘기를 했습니까? 기억나세요?"

"아무한테도 들은 적 없어요. 내 추측일 뿐이에요."

"왜 그런 추측을 하신 거죠? 어떤 근거로?"

"몰라요. 그냥 나온 얘기라. 근거가 있는 것도 아니고."

"그래도 마지막으로 소식을 듣거나 본 게 언제인지는 기억하시겠죠?"

최근에는 들은 적도 본 적도 없단다.

"그럼 조금 도와드리죠. 1995년 3월, 예, 오래전입니다. 자정이 조금 지난 시간, 에드워드가 베오그라드에서 출발한 UNHCR기를 타고 개트윅 공항에 도착했습니다. 헝클어진 외모에 짐이라고는 영국 여권뿐이었죠. 이제, 기억이 나죠? 어렴풋이라도?"

기억이 나는지는 모르겠지만 표정 변화는 없었다.

"행색이 말이 아니었어요. 참상을 봤거든요. 가혹행위. 살해된 아이들. 우리 모두 감추려 했던 현실 세계의 공포들 말입니다. 얼마 전 그가 친구한테 보낸 편지에 적힌 표현이 그랬습니다."

그녀가 그 말의 의도를 이해하도록 잠시 기다렸으나 별 효과는 없어 보였다.

"그에게 믿을 사람이 필요했죠. 자신을 돌봐주고 이해할 사람 말입니다. 그래도 기억나는 게 없나요?"

아니아는 고개를 숙이고 긴 손을 펼쳤을 뿐 대답은 없었다. 그가 계속 이어갔다.

"그는 데버라와 접선하지 않았습니다. 아무튼 그때는 텔아비브의 회의에 참석 중이기도 했죠. 딸이 웨스트컨트리 여학교에 다녔는데 역시 연락하지 않았어요. 그럼 그 절박한 순간에 기댈 사람이 누구겠습니까?" 스튜어트는 조심스레 얘기를 이어갔다. 마치 타락한 가족을 대하기라도 하는 듯했다. "며칠 전만 해도 또 하나의 미해결 숙제였습니다. 에드워드조차 어디에 있었는지 파악 못 했으니까요. 그는 나흘이나 지나서야 본부에 입국 보고를 했어요. 보스니아에서의 마지막 싸움에 지쳐 마구 돌아다닌 모양이라고 떠들고 다녔죠. 그런데 이번에 첨단 기술의 도움으로 당시 통화 기록 일부를 복원했습니다. 완전히 다른 얘기가 들어 있더군요."

그는 잠시 끊고 여자의 반응을 살폈지만 두 눈은 여전히 무덤덤했다.

"그가 귀국한 날 새벽 1시 개트윅 공항에서 누군가 공중전화로 수신자부담 전화를 했습니다. 그것도 하이버리에 있는 당신의 집으로. 그날 밤 집에 계셨나요?"

"그럴지도 모르죠."

"새벽에 수신자부담 전화를 받았나요? 1995년 3월 18일입니다."

"그럴지도 모르죠."

"통화가 아주 길었어요. 9파운드 28펜스였으니까 당시만 해도 큰돈이었죠. 에드워드가 찾아왔죠? 아니아, 제발, 귀 좀 기울여요."

울고 있는 건가? 눈물을 보지는 못했지만, 아니아는 고개를 떨군 채 손톱이 하얗게 질리도록 테이블을 붙잡고 있었다.

"아니아, 꼭 필요한 일입니다, 예? 난 적이 아니에요. 에드워드는 정의롭고 용감한 분입니다. 우리 둘 다 알잖아요. 하지만 그분은 한 사람이 아니에요. 하나가 어긋날 경우, 우린 그것도 알아야 합니다. 돕기 위해서."

"에드바르는 엇나간 적이 없어요!"

"그날 밤 에드워드가 찾아왔는지 묻는 겁니다. 20년 전에. 간단한 질문 아닌가요? 왔다, 안 왔다? 에드워드가 자택에 왔습니까? 안 왔습니까?"

아니아가 고개를 들어 스튜어트를 빤히 바라보았다. 그가 본 것은 눈물이 아니라 분노였다.

"내게도 반려자가 있습니다, 피어슨 씨."

"알고 있습니다."

"이름이 펠릭스예요."

"그것도 압니다."

"펠릭스도 좋은 남자예요."

"인정합니다."

"펠릭스가 현관문을 열어주었어요. 개트윅에서 온 택시비도 지불했고요. 에드바르를 환영해주었죠. 남는 침실이 없었기에 에드워드는 나흘간 소파에서 잤어요. 펠릭스는 음악가라 학생들에게 매진했죠. 학생들을 실망시킬 수는 없으니까요. 다행히 이곳 학교에는 내 조교가 있었기에 난 집에 남아 에드바르를 간호할 수 있었어요."

잠시 후 아니아의 분노가 잦아들었다.

"에드바르는 많이 아팠지만 의사는 한사코 거부했어요. 나도 혼자 있게 하고 싶지 않았고요. 나흘째 펠릭스가 옷을 몇 점 주고 이발소에 데려가 머리도 깎았죠. 월요일이 되니 그가 고맙다고 인사하고 떠나더군요."

"나흘 사이에 기적적으로 회복을 한 겁니까?" 스튜어트가 지적했다. 비아냥거릴 생각은 없었지만 그 말에 아니아가 발끈했다.

"뭘 회복해요? 떠날 때 에드바르는 담담하게 미소도 지었어요. 고마워도 했고 즐거워도 했죠. 다시 언행이 달라진 거예요. 에드바르니까요. 회복했느냐고요? 예, 그럼 회복한 것 아닌가요, 피어슨 씨?"

"그날 아침 본부에 도착했을 때 여전히 상태가 심각했습니다. 나흘 동안 어디에 있었는지 기억도 못 했죠. 새 옷도 구세군에서 받았다고 하더군요. 그마저 자신은 없어했지만, 이발도 구세군에서 해줬다고 생각하고 버스표는 어디에서 얻었는지 전혀 기억 못 했어요. 그런데 왜 거짓말을 했을까요? 왜 지금도 나한테 거짓말을 하는 거죠?"

"내가 어떻게 알아요! 돌아가요. 난 당신 스파이가 아닙니다." 아니아가 버럭 화를 냈다.

세상이 잠시 흔들렸지만 이제 바로 잡았다. 드디어 원인을 파악한 것이다. 거짓말을 한 사람은 엘렌이다. 아니아가 아니라. 아니아는 거짓말을 할 위인이 못 된다. 거짓말을 했다 해도 깜빡 잊었으면 모를까 고의는 아니다. 고고학자 연인이 침대 옆에 누워 헤벌쭉 웃고 있는데 그렇게 쉽게 거짓말이 나올까? 그런데, 그 자가 정말 엘렌과 잤을까?

*

"이곳에 왔을 때 에드워드가 다른 사람 같던가요?" 스튜어트가 담담하게 물었다.

"어쩌면요."

"어떤 점에서?"

"내가 어떻게 알아요? 그 사람 달라지지 않았어요. 여전히 헌신적인 사람이었죠. 언제나 헌신적이었으니까요."

"살마에게도 헌신적이었죠."

"살마?" 설마 모를 리가.

"비극적 사별의 주인공, 에드워드가 무척이나 사모했습니다. 아들과 남편이 살해당했어요."

아니아가 인상을 찡그리며 애써 기억을 더듬는 척했다. "어쩌면 펠릭스한테 얘기했을지도 몰라요. 남자한테 말하기가 더 쉬웠을 테니까. 펠릭스하고 아주아주 오랜 시간 대화를 했어요."

"아뇨, 펠릭스와는 어떻게 세상을 구할까 같은 얘기를 했어요. 그 정도는 우리도 알고 당신도 압니다. 그는 당신과 살마 얘기를 했어요. 그의 삶에 뭔가 엄청난 일이 일어났어요. 그날 밤 파리에서 더 이상 공산주의를 믿지 않는다고 선언할 때처럼요. 당신은 이해하니까요. 오직 당신만이."

"데버라, 부인은요? 그를 이해 못 하나요?"

하지만 스튜어트와 마찬가지로 아니아의 분노는 오래 가지 못했다.

"에드바르는 자기가 대신 죽어야 했다며 개탄했어요. 수치심에 그녀를 따라 요르단에 가려고 했죠. 살마는 그렇게 말했어요. 당신 아내한테 돌아가요. 집에 돌아가 서방인들처럼 아이를 돌보며 살아요. 살마는 그의 열정이었죠. 그녀 때문에 아파했습니다. 비종교적이고 현명하고 완벽하고 비극적이고 고귀한 여자였으니까요. 그녀의 가족 또한 성자의 도시 예루살렘을 예약할 정도였어요. 바로 다마스쿠스죠. 아니면 자파든가."

아니아의 목소리가 어딘가 초조한 듯했다…… 질투였을까?

"살마도 비밀이었어요. 왜 그렇게 모두에게 비밀로 남기려고 애를 썼을까요? 이해가 안 갑니다."

"데버라 때문이죠."

"마음 상할까 봐?"

"데버라는 그의 아내예요."

"하지만 당신 말마따나 살마는 강박증 같은 존재였어요. 일반적 의미에서의 연애는 아니었죠. 아닌가요? 연애 상대보다 더 큰 존재? 아무튼 누구한테도 알리지 않으려 했죠. 아내는 물론 첩보국에도. 그가 펠릭스한테 한 얘기가 그런 것 아닌가요?"

아니아의 표정이 성문처럼 굳게 닫혔다.

"펠릭스는 휴머니스트예요. 사랑하는 사람도 있고. 그 정도는 잘 아시잖아요, 피어슨 씨. 다른 사람들과도 얘기를 많이 하지만 난 그 사람한테 무슨 일인지 절대 묻지 않아요."

"음, 내가 직접 알아보죠. 혹시, 어디 가면 만날 수 있을까요?"

"펠릭스는 가자에 있어요."

"그럼 그렇게 알겠습니다. 안부 전해주세요."

*

오늘 저녁 만남에 앞서, 113번 버스에서 첩보국 부국장 배튼비에게 문자를 보냈다.

지금쯤 타깃 역시 우리 관심에 대해 인지하고 있을 겁니다. 분명해요. - 피어슨.

10

데버라 에이번이 영면에 들었다. 줄리언은 몇 시간이 지난 후에야 조용히 이런저런 얘기를 들을 수 있었다.

저녁 6시, 담당 간호사가 릴리를 불러 임종을 지키게 했다. 데버라는 손가락 반지를 모두 릴리에게 건네며, 서재에 가서 에드워드를 불러오라고 부탁했다.

에드워드가 도착하자 데버라는 남편과 할 얘기가 있다며 릴리와 간호사를 내보냈다. 에드워드와 데버라는 15분간 문을 꼭 닫은 채 대화를 했다. 그 후 에드워드가 방에서 나왔는데 다시 돌아올 필요 없다는 지시를 받은 게 분명했다.

그다음은 릴리가 어머니와 단둘이 만났다. 그동안 간호사는 복도 의자에 앉아 있었다. 물론 엿듣지 못할 거리였다. 릴리 말에 따르면 둘이 대화를 나눈 시간은 10분 정도였지만, 어떤 내용인지는 함구했다. 마침내 간호사가 들어가 릴리와 함께 끝까지 자리를 지켰다. 오후 9시 데버라는 모르핀의 도움을 받아 코마에 들고 자정쯤 의사가 사망 확인을 해주었다.

자신의 죽음과 관련해서 데버라의 지시는 즉시 효과를 발휘했다. 시신은 곧바로 영안실로 운반하되 절대 아무에게도 보이지 말 것. 절대로. 행여 오해가 있을까 걱정이 되었는지, 절대 들이지 말 인물로 굳이 남편 에드워드를 지목했다. 데버라는 심지어 유언장 사본을 미리 장례사에게 맡기기까지 했다.

아침 6시, 책방 벨이 급하게 울리고 줄리언은 데버라의 임종을 알게 됐다. 가운을 벗고 부랴부랴 아래층으로 내려갔더니 릴리가 계단에 서 있었다. 울지는 않았지만 표정은 잔뜩 우울해 보였다.

처음에는 샘에게 무슨 일이 생겼다고 생각했다. 하지만 그랬다면 그녀가 저기 저렇게 서서 그를 노려볼 리가 없지 않는가. 어디든 샘과 함께 있어야 할 테니까. 릴리의 말에 의하면, 영구차에 엄마의 시신과 함께 타기는 했지만 예배당 입구에서 내렸단다. 데버라의 유언이 그랬다.

줄리언은 예를 갖춘답시고, 은밀한 숙소가 아니라 걸리버의 커피숍으로 릴리를 안내했지만, 나중에 생각해도 자신이 왜 그랬는지 이해할 수가 없었다.

데버라가 악화할 즈음에도 릴리와 샘이 자주 책방을 찾았지만 커피숍에 간 적은 한 번도 없었다. 샘이 퀴퀴한 계단을 한 번 보고 끔찍한 비명을 질렀기 때문이다.

커피숍에 대한 릴리의 첫인상도 별로 다르지 않았다.

"완전히 쓰레기야!"

"뭐가?"

"저 끔찍한 벽화들. 누가 한 거야?" 매슈의 친구가 했다고 하자. "이런, 여자가 똥손이네."

"아니, 남자야."

"그럼 그렇지." 릴리가 스툴에 걸터앉으며 투덜대더니 억센 손가락으로 커피머신을 찔렀다. "이 기계 작동할 줄 알아?"

물론이다.

"초콜릿 듬뿍 넣어서 카푸치노 만들어줄게. 얼마나 넣을까?"

릴리는 더 이상 못 참겠던지 갑자기 흐느껴 울기 시작했다. 줄리언이 안아주려 했으나 그마저 뿌리치고 더욱 고통스럽게 울었다. 초콜릿을 잔뜩 넣어 만든 카푸치노도 거부했다. 잠시 후 물을 한잔 내밀자 그제야 마지못해 조금 마셨다.

"샘은 어디 있어?" 그가 물었다.

"소피 이모 집에."

소피 이모는 릴리의 옛 유모다. 얼굴이 화산 같은 슬라브 여성인데 무척이나 지혜로웠다.

"에드워드는?"

릴리는 정면을 보며 짤막한 문장으로 얘기했다. 대충 다음과 같은 얘기였다.

에드워드와 데버라는 각방을 썼다. 다른 일도 모두 따로따로였다. 릴리는 어머니 시신을 지켜보다가 큰소리로 에드워드를 불렀다. 에드워드가 나올 기색이 없자 릴리는 침실 문을 쾅쾅 두드렸다. "아빠, 아빠, 엄마가 돌아가셨어요." 에드워드는 면도를 깨끗하게 한 뒤라 목단향 냄새가 났다. 언제 면도를 했을까? 둘 다 눈물을 흘리지는 않았다. 에드워드가 딸을 안아주어 그녀도 꼭 안았다. 에드워드는 그제야 흐느끼기 시작했다. 릴리가 아버지 어깨를 흔들어 진정시키려 했지만 소용은 없었다.

릴리가 두 손으로 에드워드의 머리를 잡고 그녀를 보게 했다. 에드워드는 거부하려 들었다. 그런데 그녀가 본 그의 표정은 슬픔이 아니라 오히려 결의에 가까웠다.

"할 애기가 있다고 했어. 그래서 다 털어놓으라고 대답했지. 맙소사, 아빠, 뭐든 얘기해요! 그랬더니 그러는 거야. 오늘 저녁에 얘기하자, 릴리. 꼭 집에 와서 식사하거라. 세상에, 그럼 엄마가 죽은 날 밤에 내가 빌어먹을 디스코클럽에라도 간다는 얘긴가?"

"지금은 어디 계시는데?" 줄리언이 물었다.

"잠시 돌아다니다 오겠다면서 차 몰고 나가셨어."

그 후 한 시간 넘게 릴리는 걸리버 스툴에 앉아 혼자 슬퍼했다. 지금은 커피머신 뒤쪽의 거울로 자기 모습을 보며 기가 막혀하거나 벽화들을 노려보았다. 줄리언은 이따금 조심스레 그녀를 지켜보았다. 마지막으로 돌아가보니 릴리는 떠난 후였다. 초콜릿을 담뿍 담은 카푸치노는 손도 대지 않은 채 카운터에 놓여 있었다.

*

다음 날 아침 다시 릴리가 서점을 찾았다. 이번에는 샘과 함께였다.

"에드워드는 어때?" 줄리언이 물었다.

"잘 있어, 왜?"

"어젯밤에. 함께 저녁 데이트했잖아. 얘기할 게 있다고 했다며?"

릴리가 모호한 표정을 지었다.

"그랬나? 그래, 그런 것도 같네."

"그런데 아무 일 없었어? 특별한 얘기도?"

"특별해? 왜 특별해야 하는데?" 릴리는 아버지처럼 그 질문에 가볍게 놀란 표정이었으나 곧바로 안색을 바꾸었다.

대신 얼굴에 경고등이 켜졌다. 그 얘기는 이제 그만.

"지금은 뭘 하고 계셔?" 줄리언이 밝은 표정으로 되물었다. 화제를 바꾸기는 했어도 그렇다고 완전히 무관한 얘기는 아니었다.

"지금?"

"응."

릴리가 어깨를 으쓱했다. "나름대로 애도 중이셔. 엄마의 금지구역 주변을 떠돌면서 물건을 집었다 내려놓고 그래."

"금지구역?"

"엄마의 보금자리. 불도 폭탄도 강도도 심지어 가족도 접근 못 해. 집 뒤쪽에 있는 반지하 공간인데 오로지 엄마를 위해 세팅이 되어 있지."

"누가 세팅했는데?"

"빌어먹을 첩보국이지, 누군 누구겠어?"

*

누구라고 생각했던 걸까?

음, 막연하게나마 그럴지도 모르겠다는 생각이야 했지만 그렇게 노골적으로 이름을 부를 정도는 아니었다. 그런데 릴리가 무심코 무장해제를 한 걸까? 아니면 꼬치꼬치 캐묻는 데 발끈해 극약처방을 내린 걸까?

사실 꼬치꼬치 캐물을 마음은 아니었다. 릴리는 에드워드의 딸이다. 에드워드만큼이나 릴리도 본능적으로 특유의 비밀스러움과 조심성을 갖고 있었다. 줄리언도 여자 형제 없이 독자로 자란 터라 아빠와 딸의 관계라면, 의심과 경이로움의 시선을 담아 두 사람을 멍하니 지켜볼 따름이었다.

릴리가 아버지와의 대화에 대해 함구하기로 했는지 몰라도 어머니와 임종 전에 나눈 대화에도 역시 인색했다. 어쨌거나 두 대화 모두 어떤 의미에서 공적 기밀이라는 느낌을 버릴 수는 없었다. 그리고 그 느낌은 릴리가 그날 아침 책방에 오지 않겠다고 선언하면서 더욱 확실해졌다. "갈색 작업복의 사내들이 찾아와 엄마의 벽금고와 컴퓨터 같은 것들을 실어간다"

기에 실버뷰에 머물러야 한다는 얘기였다.

"맙소사, 어떤 사람들인데?" 줄리언이 놀라서 물었다.

"엄마 남자들. 자기도 알잖아! 엄마가 일한 곳."

"기관?"

"그래, 맞아, 바로 그거야. 엄마 기관. 기관에서 나온 남자들. 다음 책 제목으로 써야겠다."

*

릴리의 마지막 위장이 벗겨진 것은 장례 절차가 형태를 잡아가기 시작할 때쯤이었다. 문제는 걸리버 커피숍이었다. 벽화가 끔찍하다고 투덜대면서도 릴리는 그곳을 현장본부로 정했다. 데버라가 죽은 지 불과 나흘 후였다. 샘도 더 이상은 계단을 무서워하지 않았다. 줄리언이 목마를 태워 성큼성큼 계단을 올라가 "위대한 요크 공작" 선율에서 내려준 덕이다. 샘과 매슈는 처음부터 죽이 잘 맞았다. 데버라를 돌보았던 밀턴도 이따금 어슬렁거리며 들어와 사람들한테 손 인사를 하고 바닥에 아무렇게나 주저앉아서는 샘과 조용히 동물퍼즐 놀이를 했다.

그날 점심은 줄리언과 릴리, 샘뿐이었다. 샘은 책장에서 아이들 책을 몽땅 꺼내와 바닥에 늘어놓았다. 줄리언은 샌드위치를 사오고 릴리는 휴대전화로 통화하기 바빴다.

"그래, 알았어. 오케이, 아너…… 물론…… 그래, 무슨 수를 써서라도……." 그리고 전화를 끊자마자…… 아니, 그 직전이던가? "망할 년."

"망할 년이라니?" 줄리언이 가볍게 물었다.

"마무리가 끝났어. 아너라는 여자한테 물어봐. 다시는 골치 아픈 일 안 해도 돼. 다음 주 토요일 정오. 그다음 로열하벤에서 파티를 열 거야. 엄마가 토요일을 원했거든. 그래야 옛 첩보국 친구들이 올 테니까." 그리고 문득 기억났다는 듯. "오, 그런데, 아빠가 그러는데, 자기가 운구를 책임져달래."

"뭘 책임져?"

"운구. 내가 할 수는 없잖아? 아빠도 그렇고. 쉬운 일은 아니잖아, 응?"

"누가 쉽다고 했나?"

"그럼 됐어." 릴리가 톡 쏘아붙였다. 이런 모습은 아버지보다 어머니를 닮았다.

"그런데, 아너가 누구야?" 줄리언이 물었다. 그런데 놀랍게도 당장 싸움이라도 벌일 듯하던 릴리가 조용해졌다.

"우린 스파이 아냐? 엄마도 스파이, 아빠도 스파이, 난 두 분의 중개자." 그러고는 갑자기 열이 받았는지 주먹으로 스테

인리스 카운터를 내리쳤다. "이건 정말 쓰레기라니까. 엄마는 평생을 비밀 속에서 살았어. 심지어 추도식에 저 빌어먹을 훈장도 걸지 못하게 했지. 그런데 엄마가 죽자마자 왕실바지선에 태워 망할 템스강 아래로 떠내려 보낸데. 근위여단까지 동원해서 '저와 함께 하소서'를 연주하고!"

나머지도 조금씩 드러났다. 데버라가 죽고 얼마 되지 않아 아너가 등장했다. 휴대전화로, 이메일로 릴리에게 자신을 소개한 것이다. 아너는 첩보국의 상조 담당이었다. 그녀는 대뜸 장례부터 미루자고 우겼다. 소위 도당들을 불러야 한다는 얘기였다. 릴리는 아너가 말하는 방식에 불만이 많았다. 마거릿 대처가 목구멍에 감자를 처박고 말하는 것 같지 않아?

아너는 막 소집을 끝마쳤다. 조금 전 전화가 바로 그 내용이었다. 현재 기준으로는 전현직 요원들과 파트너를 합해 쉰에서 예순 명 수준이었다. 첩보국에서도 기꺼이 접대 비용의 3분의 2를 제공하겠다고 나섰다. 로열하벤은 손님 1인당 19파운드가 들며, 메뉴 C에 카나페를 포함하고 화이트와인과 레드와인에 여섯 명의 서빙 직원을 제공하기로 했다. 고위직 관료의 12분 연설도 포함되었다.

"고위직이라니? 이름이 뭐야? 그것도 알면 안 되는 건가?" 줄리언이 농담처럼 물었다.

"해리 나이트. 빛나는 갑옷의 기사 같지?" 릴리가 아너의 목소리를 흉내내며 대답했다.

그럼 에드워드는? 에드워드는 아너의 통제를 어떻게 받아들이지?

"아버지는 완전히 빠져 있어. 엄마가 원하는 거라면 뭐든 상관없거든. 그러니까 아버지한테 묻지도 마." 여느 때처럼 "접근금지" 경고인 셈이다.

릴리는 애도의 표시로 〈닥터 지바고〉 스카프로 얼굴을 가리기로 했다. 정면에서는 아무도 알아보지 못하도록.

*

시간이 아슬아슬하게 흘러갔다. 오후가 되면 릴리와 샘은 놀이터에 가거나 강가를 산책했다. 손님이 없으면 줄리언도 따라다녔다. 이따금 소피 이모가 소리 소문도 없이 나타나 샘을 데려가기도 했다. 릴리의 말에 따르면, 소피는 "해외에서 아빠와 일한 특별한 능력의 소유자"였다. 이제는 줄리언도 묻지 않을 만큼 눈치가 생겼다. 지금은 에이번 도당과 그 분파들이 하나가 된 데에는, 서로 공유하는 비밀이 아니라, 서로 감추는 비밀이 더 큰 역할을 한다는 사실을 깨닫는 중이었다. 줄리언도 어릴 때부터 익숙한 개념이다.

하지만, 줄리언이 한참 후에 깨달았지만, 릴리는 그에게 털어놓는 식으로 조심스레 비밀의 섬에서 빠져나오려 하고 있었다.

초저녁, 비 온 뒤 갬. 줄리언과 릴리는 손을 잡고 보도를 따라 천천히 걸었다. 그가 보기에 릴리는 데버라 생각을 하고 있었다. 샘과 소피 이모는 저 앞에서 걸었다.

"내가 블룸스버리 집을 얻기 전에 그곳이 뭐였는지 알아?"

매음굴? 내 농담에 릴리가 야유를 보냈다.

"멍청이, 첩보국 안가였어. 더 이상 안전하지 않게 되자 엄마한테 헐값으로 넘긴 거야. 엄마는 우리한테 주었지만 우린 한 달 동안이나 이사를 할 수가 없었지. 왜 못 했게? 알아맞혀 봐."

습기가 많아서? 쥐 때문에? 어음이 부도나서?

"청소 요원들이 입주 허가를 내줄 때까지 기다려야 했어."

줄리언은 기대대로 걸려들었다. 아니, 일부러 속아준 걸까?

"청소부 말고, 바보야. 청소 요원. 속칭 벌레, 자기가 도청장치라고 부르는 것들을 제거하는 거야. 심는 게 아니라. 심는 건 옛날에 했으니까 제거도 해야지. 난 빠뜨린 게 있나 계속 찾아봤어. 거기 대고 욕을 바가지로 해대려고."

줄리언이 제일 좋아하는 것은 그녀의 웃음소리였다. 그의 허리를 감싸는 팔의 감촉도 좋고 우울할 때조차 손을 거두어들이지 않는 것도 좋다.

"소문을 들으니까, 부모님 사이가 멀어진 이유가 자기 조부께서 모아 놓은 청화백자 때문이라네." 줄리언이 반발을 각오하며 넌지시 던져보았다.

릴리가 어깨를 으쓱했다.

"처음 듣는 소리야. 엄마 말로는 보기도 싫었대. 그래서 보험료 아낀다고 창고에 처박았다고 했어."

아버지는? 아니, 그건 묻지 않는 게 좋겠다.

줄리언은 화제를 다른 곳으로 돌렸다. 에드워드가 은퇴한 후 중국 도자기에 열정을 쏟는다는 얘기를 들었는데?

"열정? 아빠는 도자기하고 보자기도 구분 못 해."

부모의 불화에 대해서도 릴리는 아는 바가 거의 없었다. 소피 이모한테 들은 얘기가 고작인데, 그 집에서 일을 할 무렵 "엄마의 보금자리"에서 고함 대회가 있었다는 것이다. 사실 에드워드가 거기 참가할 리는 없었다. 고함 자체가 불가능한 사람이 아닌가. 릴리도 그 말은 믿지 않았다. 소피가 믿을 만한 정보통이 못 된다는 것이다.

"고함친 사람이 있다면 당연히 엄마야. 아빠는 평생 큰소리를 내본 적이 없어. 소피가 보기에 아빠가 엄마를 때렸다지만 역시 아빠 성격이 아니야. 그보다 엄마가 아빠를 때리거나 그런 일 자체가 없었을 거야."

"들어가본 적은 있어?"

"보금자리? 딱 한 번. 그냥 언뜻 본 게 전부야. 그 이상은 불가능했지. 내가 그랬어. 멋져요, 엄마. 미결 서류함도 있고 붉은 스탠드 위에 녹색 전화기도 있고 전문가용 컴퓨터도 있네요. 엄마 하는 일이 뭐예요, 예? 적에게서 조국을 지키는 일이란다. 언젠가 너도 그랬으면 좋겠구나."

"에드워드는? 에드워드는 우릴 누구한테서 지키지?" 줄리언이 물었다.

릴리는 어디까지 얘기해야 할지 잠시 고민했다.

"아빠?"

"응, 자기 아빠."

"특수임무랬어. 나를 점심 식사에 데려가면서 그렇게만 얘기했지. 엄마한테도 물어봤는데…… 내가 기숙학교 있었을 때. 아빤 보스니아에 왜 갔어? 그랬더니, 원조 관련 일을 처리하느라 그랬대. 그것 말고도 이런저런 일을 하셨다고 했지. 그래서, 내가 물었어. 망할, 이런저런 일이 뭔데? 얘야, 입조심해야지."

"아버지한테도 직접 물어봤나?"

"아니, 한 번도."

*

비밀의 섬에서 빠져나오는 과정이라지만 릴리는 가장 혼란스러운 비밀을 마지막까지 지키려 했다. 어쩌면 지극히 당연한 노릇이리라.

"엄마는 나를 런던에 보내 그 여자한테 편지를 전하게 했어. 사우스오들리스트리트에 있는 안가였는데 벨을 세 번 누르고 프록터를 찾으랬어." 릴리가 불쑥 내뱉었다. 어부의 둥지 레스토랑에서 라거를 마실 때였다.

순간 하마터면 자기도 비밀 편지를 배달한 적이 있다고 고백할 뻔했다. 데버라가 아니라 에드워드의 심부름으로. 에드워드와의 굳은 약속이 가로막지 않았던들, 릴리를 향한 걱정 때문에라도 실토하고 말았으리라. 데버라의 장례식이 기껏 사흘 후가 아닌가. 이름도 모르는 미인과 부친이 오랫동안 불륜을 이어왔다고 고발하기엔 시기가 좋지는 않았다.

"아버지한테도 그렇게 얘기했어. 엄마 심부름으로 편지 배달을 했니? 예, 했어요. 프록터한테? 예, 그것도 맞아요. 어떤 내용인지는 알고 있었어? 아뇨, 몰라요. 프록터도 똑같은 질문을 하더군요. 그러더니 나를 안고는 괜찮다고 했어. 나도 잘했고 그도 잘했다면서."

"프록터?"

"맙소사, 당연히 아빠 얘기지! 한 번도 켜보지 못한 벽로 앞에 서서는, 얘야, 걱정할 것 없단다. 네 엄마는 좋은 여자였고 나도 할 바를 다했어. 그저 부부가 서로 다른 우주에서 지낸 점은 유감이로구나."

"할 바를 다했다니 그게 무슨 뜻이지?"

릴리는 다시 문을 닫았다.

"그저 서로 비밀이 달랐을 뿐이야." 그녀가 짧게 답했다.

*

친애하는 줄리언,

용서하게나, 때가 때인지라, 자네의 친절한 위로 메시지에 이렇게 대답이 늦고 말았네. 데버라는 그녀를 사랑하는 사람들에게 크나큰 손실이라네. 그리고 릴리와 함께 어려운 장례 절차를 마무리해준 점에 대해서도 감사드리네. 상황이 좋았다면 내가 지어야 할 짐이었건만. 그건 그렇고 혹시 내일 오후, 한두 시간 가볍게 산책할 시간이 있겠나? 날씨는 좋다고 하네. 오후 3시가 어떤가. 자네를 위해 약도를 첨부하네.

에드워드

"오포드요? 에…… 전쟁터를 좋아하실 줄은 몰랐네요." 줄리언이 목적지를 언급하자 매슈가 놀라 대답했다.

*

봄의 끝 무렵치고는 더할 나위 없는 날씨였다. 비 예보가 있기는 해도 푸른 하늘엔 기미조차 보이지 않았다. 낡은 랜드크루저는 옛날 포르쉐만큼 힘은 좋지 않았지만 그래도 책을 나르기엔 충분했다. 덕분에 산울타리 너머 새로 태어난 양들이 비틀비틀 첫걸음마를 걷는 장관도 감상할 수 있었다. 30킬로미터 이상 깔끔한 교외를 지나가면서도 집이나 사람이 없어 온전히 목가적인 풍경을 즐길 수 있었다. 수선화와 과실수 꽃들을 보니 아버지가 쓰러지기 전 시골 목사관 생각도 떠올랐다.

에드워드를 만난다니 조금 안심은 되었다. 며칠 동안, 보스니아의 구호원, 밀애, 스파이, 참회하지 않는 홀아비 등의 이미지는 솔직히 감당이 쉽지 않았다. 그는 햄릿의 아버지처럼 실버뷰의 어두운 복도를 떠돌며, 딸과도 거의 대화하지 않았다. 그리고 예고 없이 미지의 산책을 하겠다며 차를 몰고 사라진 것이다.

오른쪽으로 낡은 3층 성이 모습을 드러냈다. GPS를 따라가자 화려하게 치장한 마을 광장이 나오고 진입로 아래로 한적한 부두가 보였다. 커다란 차 한 대가 키 큰 나무들 그림자 아래 서 있었다. 차를 세우니 또 다른 모습의 에드워드가 그늘 밖으로 나왔다. 야외 활동의 사나이 에드워드, 지금은 녹색 방수 재킷에 낡은 모자, 그리고 트레킹화 차림이었다.

"에드워드, 먼저 애도 인사부터 하겠습니다." 줄리언이 악수를 하며 말했다.

"고맙네, 데버라도 자넬 좋아했어." 에드워드는 어딘가 힘들어 보였다.

둘은 걷기 시작했다. 매슈의 경고는 애초에 할 필요조차 없었다. 줄리언도 《토성의 고리》를 다 읽었기에 이런 오지의 텅 빈 전초기지가 어떤 모습인지 대충은 알고 있었다. 자신이 어부라 해도 이곳에선 견디지 못했을 것이다. 쓰레기통들을 지나 산책로를 걷다가 다 부서진 나무 계단을 올라간 뒤, 진창과 선박 파편 더미들 사이를 헤쳐나오니 쓰레기투성이 부두지대가 나왔다.

“이곳은 조류 서식지로 유명한 곳이었어. 댕기물떼새, 마도요, 알락해오라기, 풀밭종다리, 뒷부리장다리물떼새 등 수도 없다네. 오리는 당연하고. 잘 들어보라고. 마도요가 짝을 부르는 소리 들리지? 저기 저기.” 그가 새 주인이라도 되듯 자랑스럽게 말했는데 그 모습이 흡사 선임 웨이터가 그날의 메뉴를 읊는 것만 같았다.

줄리언은 새소리가 들리는 듯 시늉을 했지만 그저 수평선만 보였을 뿐이다. 그 밖에는 미래의 파멸 이후, 겨우 남은 문명의 잔재 정도? 두 사람이 있는 곳은 그런 장소였다. 어느 오지의 숲속에는 버려진 안테나들이 안개 밖으로 삐죽삐죽 솟아오르고, 폐허가 된 격납고, 막사, 통제실들이 아무렇게나 널브러졌다. 거대한 다리로 지탱한 탑들은 핵폭탄 실험과 같은 최악의 상황에 대비해 벽 없이 곡선의 지붕만 만들어둔 듯싶었다. 발밑에는 표시된 통로로만 이동하라거나 불발 폭탄을 주의하라는 경고문도 보였다.

“이 지옥 같은 공간이 놀랍지 않나, 줄리언? 나도 그렇다네.” 에드워드는 여전히 마음이 산란한 듯 보였다.

“그 때문에 이곳에 오십니까?”

"그래, 그래." 그가 여느 때와 달리 솔직하게 대답했다. 줄리언의 팔도 잡았는데 예전엔 한 번도 없던 일이다. "잘 들어봐, 들리지? 새들 비명소리를 듣고 어떤 생각이 들었는지 말해보게나." 줄리언은 바람 소리밖에 듣지 못했다고 대답했다. "우리 영국의 영예로운 과거가 들려주는 총성은? 안 들리는가? 총소리가?"

"어떤 소리를 듣는 겁니까?" 줄리언이 멋쩍게 되물었다. 에드워드의 심각한 시선은 웃음으로 밀어냈다.

"나?" 언제나처럼 질문을 받는 게 의외라는 표정이다. "이런, 미래의 총성이지, 뭐긴 뭐겠나?"

정말 그 소리뿐일까? 줄리언은 의아해했다. 의아해할 일은 더 있었다. 모래톱 끄트머리에 이르자, 에드워드가 다시 팔을 잡더니 임시 벤치 역할의 부목으로 끌고 가 옆에 앉힌 것이다.

"대화할 기회가 한동안 없을지 모르겠다는 생각이 들더군." 그가 퉁명스럽게 말했다.

"왜요?"

"장례식 이후 상황이 많이 변했잖나. 새로운 임무가 있을 거야. 그럼 생활도 바뀌겠지. 영원히 책방 식객 노릇을 할 수는 없지 않겠어?"

"식객?"

"데버라가 떠난 이상 핑곗거리도 없다네."

"핑계가 왜 필요합니까, 에드워드? 언제든 환영입니다. 우린 함께 위대한 도서관을 만들었어요. 잊으셨어요?"

"잊을 리가 있나. 자넨 정말로 관대한 친구야. 아량을 이용해서 부끄럽네만 그래도 꼭 필요한 일이었어." 필요? "우리 공화국은 튼실하게 건국되었네. 이젠 자네가 탁월한 운영 능력으로 결실만 맺으면 될 걸세. 더 이상 난 필요 없을 거야. 아, 내 친구도 자넬 좋게 말하더군그래."

"메리?"

"자네가 절대 배신할 리 없다고 믿었다더군. 그래서 믿고 답장을 맡겼던 거야. 자네가 성실한 사람이라고 했다네. 그래 봬도 현실 세계에 경험이 아주 많은 여자 아닌가."

"잘 지내시나요?"

"고맙네. 기쁘게도 안전하게 지낸다네."

"음, 다행이군요."

"그래, 다행이야."

대화가 끊어졌다. 줄리언으로서는 할 말이 없었고 에드워드는 생각에 몰두했다.

"보아하니 내 딸한테 호감이 있더군. 가끔 성격이 불같은데 신경 쓰이지는 않나?"

"아뇨, 괜찮습니다."

"릴리는 감정을 잘 감추지 못하는 아이야."

"어쩌면 감출 일이 너무 많아서 그럴지도 모르겠습니다." 줄리언이 호기롭게 대답했다.

"샘이 방해되지는 않나?"

"샘이요? 샘은 훌륭한 아이예요."

"그래, 언젠가 세상을 주무를 거야."

"그래야죠. 설마 릴리와 결혼하라는 말씀은 아니시겠죠?"

"오, 이 친구야. 그런 끔찍한 말을 어떻게 하겠나?" 그가 잠깐이나마 활짝 웃어 보였다. "난 그저 릴리가 엉뚱한 사람에게 관심을 주는 건 아닌지 알고 싶었을 뿐이야. 자네를 보니 확신이 서는군그래."

"어디 가기라도 하십니까, 에드워드? 도대체 왜 이러시죠?"

에드워드의 얼굴에 경계의 그림자가 드리운 걸까? 하지만 다시 보니 착각이었을지도 모른다는 생각도 들었다. 에드워드의 표정엔 그저 묘한 슬픔만 담겨 있었다.

"난 이미 과거의 인물이야. 이제는 누구도 해칠 수 없지. 자네도 이 점을 알아주길 바라네. 필요하면 얼마든지 나를 욕해도 좋아. 세상엔 절대 배신하지 않아야 할 사람들이 있네. 절대로 안 돼. 하지만 난 이제 그렇지 못해. 자네한테 아무 권리도 없고. 자네 부친을 사랑했어. 자, 이제 악수를 함세. 공식적인 작별은 자동차 공원에 돌아가서 하기로 하고."

처음에는 강한 악수였다. 그러다가 갑자기 그가 줄리언을 충동적으로 끌어안았다가 얼른 풀어주었다. 저들한테 들키기 전에.

11

줄리언은 몇 주 만에 다시 데버라를 위해 옷을 차려입었다. 오늘만큼은 주저 없이 도시풍의 검은 정장을 챙겼다. 면도거울 속에 언덕 위에 오만하게 자리 잡은 중세 교회가 보였다. 첨탑 마스트에 세인트 그레고리의 조기가 나부끼고 마당에는 고대 뱃사람의 묘지가 자리하고 있었다. 전설에 따르면 그곳 영혼들이 언젠가 바다로 돌아간다고 한다.

난 평생을 내 부족의 미신에 집착했어요. 물론 부족의 의식에 따라 매장되겠죠.

릴리는 줄리언에게 11시 15분까지 장례 행렬에 참석하라고 했다. 줄리언은 부친의 장례식에도 모친의 장례식에도 관을 운반한 적이 없었다. 자기가 넘어지거나 장례를 망칠지 모른다는 두려움은 릴리에게도 여러 번 얘기한 바 있다. 꿈자리를 뒤숭숭하게 만들기도 했다.

릴리는 이제 실버뷰를 두려워했다.

에드워드는 딸을 사랑했기에 오히려 말을 걸지 못했다. 5분 후, 그가 밖으로 나갔다.

심지어 샘도 얌전했다. 릴리가 침실에 데려가자 한참 후 꾸벅꾸벅 졸다 겨우, 겨우 잠이 들었다.

사랑해, 샘, 잘 자라.

10분 후 그녀가 돌아왔다. 아니면 그녀가 줄리언에게 문자를 보내거나 그가 전화를 했을 것이다.

폭우가 내린 후라 새벽은 오히려 청명했다. 도시풍의 구두를 신었지만 줄리언은 걷기로 했다. 언덕을 오르니 단조로운 교회 종소리가 점점 크게 들렸다. 마을 사람들뿐 아니라 아너가 예견한 50~60인의 전현직 동료들을 불러모으는 소리다. 자동차 공원은 갈색 진창과 웅덩이로 엉망이었다. 교회에서도 미처 처리하지 못한 것이다. 그곳에 차를 주차하면 발은 젖고 구두는 진흙투성이를 면치 못할 것이다. 경관 둘이 진땀을 흘리며 자동차들을 주차구역 밖으로 유도했다. 문상객들은 교회

현관에서 인사를 나누고 포옹을 했다. 정장 차림의 남자 둘이 장례 절차 안내서를 나눠주었다. 사이프러스 나무 아래에는 젊은 장례사 3인조가 신중하게 행사를 이끌었다. 줄리언을 맞이한 사람은 온통 검은 옷의 실리아였다. 황갈색 머리에 오렌지색 돼지가죽장갑의 키 작은 남자가 옆에 붙어 다녔다.

"버나드는 처음 만나죠, 줄리언 씨?" 실리아가 앙칼진 목소리로 묻더니 굳은 시선으로 줄리언을 노려보았다. "나중에 얘기 좀 해요, 예? 이게 무슨 난리판인지 원."

도서관에서 자원봉사를 나온 여자 둘이 그를 붙들었다.

"끔찍하지 않아요?"

끔찍하군요. 그도 동의했다.

다음은 푸주한 올리와 그의 파트너 조지였다.

"혹시 릴리 못 봤어요?" 줄리언이 물었다.

"제의실에 대목님과 함께 있던데요."

"아, 당신이 서점 주인이군요." 키가 크고 강인한 인상의 여성이 아는 척을 했다. "데버라의 사촌 레슬리예요. 나도 릴리를 찾는 중이랍니다. 아, 이 양반은 제 남편이에요."

안녕하세요.

제의실 문은 열려 있었다. 망토 보관궤, 골풀로 만든 벽 십자가들. 어린 시절의 추억이 떠올랐지만 그곳엔 대목도 릴리도 없었다. 릴리는 넓은 부벽 사이, 웃자란 잔디밭 가운데 서 있었다. 검은색 벙거지와 롱스커트 차림의 외롭고도 가녀린 소녀. 옆에는 붉은 화환과 꽃다발이 작은 산처럼 쌓여 있었다.

"이것들을 무덤 주변에 갖다달라고 얘기했어." 릴리가 말했다.

"그다음엔 병원에 가져가야 해. 그 말도 했어?"

"아니."

"내가 할게. 잠은 좀 잤나?"

"아니. 안아줘."

줄리언이 안아주었다.

"장례사들이 라벨 목록을 만들어야 해. 사방으로 흩어질지 모르니까. 그 말도 내가 할게. 샘은 어디 있어?"

"밀턴하고 놀이터에. 이 근처에는 오지 못하게 했어?"

"아버지는?"

"교회 안에?"

"거기서 뭐 하시는데?"

"망할 벽만 노려보셔."

"여기 있을래? 아니면 사람들하고 어울릴래?"

"등 뒤."

그건 경고였다. 럭비 선수처럼 키 큰 사내가 어색한 미소를 지으며 달려왔다.

“안녕하십니까. 전 레지라고 합니다. 데비의 동료죠. 당신이 줄리언인가요? 서적상? 함께 운구를 담당하기로 했습니다. 예, 따라오시죠.”

몇 걸음 걸어가자 레지 같은 사람 넷과 통통한 장례사 한 명이 겨드랑이에 실크 모자를 낀 채 서서 기다리고 있었다. 가벼운 악수. 안녕하세요. 안녕하세요. 장례사가 괜찮다면 몇 마디 하고 싶다고 했다.

“먼저 주의사항부터 말씀드리겠습니다. 절대 손잡이는 건드리지 마세요. 쉽게 떨어져 나가니까요. 그냥 어깨 한쪽에 매고 한 손으로 관을 지탱하면 됩니다. 그럼 제가 직접 오른쪽 앞에서 인도할 겁니다. 이 특별한 행사 내내 제가 여러분과 함께하겠습니다. 그리고 부디 세 번째 판석을 조심하세요. 발에 잘 걸리니까요. 혹시 다른 문제 있습니까?”

“내일 아침에 화환을 종합병원으로 옮겼으면 해요. 그리고 라벨 목록이 있으면 좋겠습니다. 유족들 부탁이에요.”

“고맙습니다. 어쨌든 모두 계약에 따라 진행할 겁니다. 또 다른 질문은요? 없으면, 일단 현관으로 가서 영구차를 기다리기로 하죠.”

초로의 여성이 달려와 줄리언을 안아주었다.

"그거 알아요? F7이 모두 나타났어요! 장례식에 한 번도 가지 않은 사람들까지. 정말 놀랍지 않아요?"

"놀랍네요." 줄리언이 동의했다.

*

운구 행렬은 통로를 따라 천천히 이동했다. 다들 세 번째 판석을 피하고 한 손은 관을 받쳤다. 시신의 무게 6분의 1이 온전히 오른쪽 어깨를 눌렀다. 줄리언은 사람들을 천천히 살펴보았다. 릴리는 북쪽 통로 왼쪽 앞자리에 부친과 함께 앉아 있었다. 에드워드는 깔끔한 정장 어깨와 흰머리 뒤통수만 보였다.

아너와 함께한 50~60명의 조문단은 두 그룹으로 나뉜 듯 보였다. 중앙 통로의 앞자리는 과거 세력. 남쪽 통로 뒷자리는 현재 세력, 볼 수 있으되 보이지 않는 위치다. 우연일까? 아니면 첩보국 의전 요원의 한 수일까? 아무래도 후자일 것이다.

나무를 깎아 만든 천사 둘이 진홍색 성찬대 양 옆에 무릎을 꿇고 있었다. 관 테이블은 성찬대 앞이었다. 장례사가 조용히 "내려요"라고 지시하자 데버라 에이번의 시신을 담은 생분해관이 조심스레 테이블 위에 자리를 잡았다. 관을 내리며 보니 덮개의 붉은 장미들 가운데 녹색 리본의 황금 훈장이 놓여 있었다. 대머리 오르간 연주자가 비장한 곡을 연주했다. 줄리언은 운구인들과 함께 빠져나와 릴리 옆에 자리를 잡았다. 그녀가 장갑 낀 손으로 그의 손을 찾아 가만히 깍지를 끼며 눈을 감고, "주여"를 속삭였다. 반대편의 에드워드는 턱을 쳐들고 어깨를 편 자세로 조총부대를 마주 보았다.

*

검은 벙거지와 롱스커트 차림으로 강대講臺에 선 릴리는 작고 위태로워 보였다. 그녀는 키플링의 시를 낭송했다. 물론 데버라가 정해준 시다. 목소리가 어찌나 약한지 앞자리만 겨우 들릴 정도였다.

격렬한 오르간 음악을 신호로 50~60명의 전현직 요원과 파트너들이 동시에 자리에서 일어났다. 마을 사람들도 따라서 주섬주섬 몸을 일으켰다. 그렇게 다들 큰소리로 밤낮으로 수고하여 순례자가 되겠다고 합창하자 마차 덮개가 파르르 떨렸다.

해리의 본명이 뭔지는 몰라도 어쨌든 완벽하게 역할을 수행했다. 첩보국이 뭘 상징하든 간에 해리가 첩보국을 상징하는 것만큼은 분명했다. 연설은 간단명료하고 신중하고 진솔했다. 도덕적 청렴을 타고난 사람으로 보였으며, 연설하는 내내 두 손을 내놓고 메모 한 장 없이 유창하게 말을 이어갔다.

데버라의 보기 드문 미모, 재치.

어머니를 일찍 잃은 데 따른 상실감.

다행히 군인이자 학자이자 미술품 수집가이자 자선가 아버지의 그늘에서 성장.

조국을 향한 사랑.

자신을 버리고 조국에 이바지하기로 결심.

가족에 대한 사랑, 헌신적인 남편의 지지와 지원.

비교 불가의 언어 능력. 탁월한 지혜. 놀라운 분석 능력.

무엇보다 첩보와 첩보국을 향한 애착.

마을 사람들이 고개를 갸웃하기는 했을까? 그 귀한 능력들을 한 몸에 지닌 특별한 여성이 같은 마을에 살고 있었을까, 하고? 아니 그러지는 않았을 것이다. 놀라기는 했어도 의심하는 표정은 없었다. 고귀한 데버라가 오랜 세월 충성했던 기관의 수장이 보낸 메시지를 해리 나이트가 대독할 때조차 마을 사람들의 반응은 막연한 경이로움뿐이었다.

다시 찬송.

끝없는 기도.

문득 어린 시절의 기억이 줄리언을 사로잡았다.

대목이 훈장 리본들을 어루만졌다. 저 양반도 지역 영웅인가? 아니면 해리 나이트와 아너와 같은 조직에서 일했나? 오늘의 헌금으로는 해외선교를 후원한단다. 나가실 때 찬송가와 시편은 바로 앞 신도석 아래 선반에 가지런히 놓아주세요. 자원봉사자들의 수고를 덜어줘야죠. 곧 매장을 진행할 테니 가족과 초대받은 분들만 참석 바랍니다. 조문객들께서는 언덕 아래 200미터 거리에 있는 로열하벤으로 이동해주세요. 음식 알레르기가 있는 분은 케이터링 직원에게 미리 알려주시면 감사하겠습니다. 장애인용 편의시설도 준비되어 있습니다. 오르간이 슬픈 곡조를 뱉어내면서 줄리언과 운구인들이 다시 관 주변 자기 위치로 돌아왔다. 그리고 땅딸보 장례사를 따라 천천히 대기 중인 영구차로 이동해 그 뒤의 차량에 관을 내려놓았다. 데버라는 그 차를 타고 붉은 진창길 아래 도로공사 중인 사잇길로 한 바퀴 돌아왔다. 이윽고 대목과 상주 가족 대여섯 명이 먼저 버스를 타고 출발했다. 운구인들도 차에서 내렸다. 장례사들이 관을 끌어내자 운구인들이 다시 대형을 이루었다. 릴리와 에드워드는 무덤가에서 몇 미터 뒤에 서 있었다. 릴리는 에드워드의 팔을 꼭 끌어안았는데 손가락이 새하얗게 질렸다. 그녀는 자기 존재를 각인시키기라도 하려는 듯 고개를 아빠 어깨에 기댔다.

아빠 말이 엄마가 무덤에 오지 말라고 했대. 내가 그랬어, 아빠가 안 가면 나도 안 갈 거야. 줄리언, 도대체 두 사람이 왜 저렇게 된 걸까? 오늘 새벽 릴리가 전화를 걸어 졸린 목소리로 그렇게 말했다.

땅딸보 장례사의 지시에 따라 여섯 운구인은 멈췄다가 제자리걸음하다가 천천히 어깨에서 관을 어깨에서 손으로 옮겨 잡은 다음 조심스레 나무널 위에 내려놓았다. 그러고는 헝겊 띠를 잡아당겨 장례사들이 나무널을 모두 빼낼 수 있도록 해주었다. 마침내 데버라가 안식처에 자리를 잡은 것이다.

"멋진 작별이로군." 레지가 줄리언 옆으로 다가서며 중얼거렸다. 사람들과 함께 로열하벤으로 향하는 중이었다. "데버라도 합당한 대접을 받았고 불쌍한 에드워드도 잘 버텨주었어요. 그 상황에서도, 예?"

도대체 어떤 상황이었기에?

*

운구인들도 늦게 도착했지만 가족은 아직 오지도 않았다.

"서로 알고 지내야 하는데 그러지 못해 유감입니다." 악수를 나누면서 해리 나이트가 가볍게 투덜거렸다.

줄리언이 이름을 밝히자. "아, 아는 분이군요. 에드워드의 친구이자 가족의 친구. 만나서 반갑습니다."

"전 아녀에요. 릴리 말이, 아주 큰 힘이 되어주셨다더군요." 담자색 숄을 걸친 여인이었다.

마을 사람들은 회관 맨 끝에 얼키설키 모여 있었는데 그곳에서 실리아가 성큼성큼 다가왔다. 모직 외투를 입은 버나드가 그녀를 곁에 바짝 붙어 수행했다.

"잠시 조용히 얘기 좀 나눠요." 그러고는 줄리언의 팔을 함부로 잡아끌었다. "어디 말해보우. 도대체 누구한테 얘기한 거유?"

"지금 말씀입니까?"

"지금 같은 소리 하네. 그랜드 컬렉션과 몰래 받아온 비공식적 보상에 대해 누구한테 떠들었냐니까."

"실리아! 맙소사, 내가 왜 그런 얘기를 떠들고 다닌답니까?"

"당신 부자 친구들한테 했겠지. 귀 한 쪽은 늘 그쪽으로 열어두고 있잖우?"

"이런, 뭐든 듣게 되면 말씀드리죠. 아직 아무것도 들은 게 없고 누구에게든 얘기한 적도 없습니다. 이제 됐습니까?"

"세관 수사관들이 됐다고 해야지, 내가 아니라! 기가 막혀서. 깡패처럼 가게에 쳐들어와서는 '메리듀 부인. 제보가 들어왔습니다. 오랫동안 청화백자를 불법거래하면서 불법으로 커미션을 챙겼다면서요. 그에 따라 즉시 회계장부와 컴퓨터를 압수하겠습니다' 하더라니까. 그럼 누가 한 거지? 테디는 아니우. 그럴 사람이 아니니까."

버나드의 생쥐 얼굴이 실리아의 어깨 너머로 나타났다.

"내가 경찰에 신고하라고 했다네. 그런데 싫다는 거야. 경찰은 안 된다나? 그래서 내가 그랬지. 정말 하지 않을 거야, 자기?" 그가 투덜댔다.

드디어 가족이 나타났다. 사람들이 낮은 목소리로 웅성거리기 시작했다. 에드워드는 여전히 릴리한테 붙잡혀 있었다. 줄리언이 릴리한테 가려는데 이번에는 레지가 구석으로 끌고 갔다. 지금까지 혼자 있는 손님들을 찾아다니며 매력을 발산하고 있었건만.

"잠시 얘기 좀 해도 될까요, 줄리언?"

이미 납치해놓고 그런 말을 하다니. 두 사람은 부엌 쪽 후미진 곳으로 갔다. 케이터링 직원이 와인과 카나페 접시들을 들고 재빨리 지나갔다.

"위에서 할 얘기가 있다는군요. 그것도 지금 당장."

"왜요?"

"왕국의 보안이죠. 당신 뒷조사를 했는데 평가가 아주 좋답니다. 폴 오버스탠드라는 사람을 압니까?"

"그분 덕분에 도시에서 첫 직장을 얻었죠. 왜요?"

"폴이 안부를 전해달라고 했습니다. 제리 시먼, 과거 동료였죠?"

"제리는 또 왜요?"

"당신을 개자식이라고 했다는데, 아니, 내가 보기엔 댁은 좋은 사람이에요. 차는 카터스트리트 모퉁이에 주차해놨습니다. 검은색 BMW, 앞유리에 붉은색으로 K가 적혀 있어요. 5분 있다가 따라 나오면 됩니다. 사람들한테는 매슈가 심장발작에 걸린 모양이라고 하든지, 아무튼 핑곗거리를 만들어요."

상인, 스파이, 지역 유지들이 서로 인사를 하고 있었다. 에드워드와 릴리는 입구에 서 있었다. 릴리는 잔을 든 채 만나는 사람마다 포옹을 했다. 에드워드는 가만히 있다가 악수를 청하면 모두 받아주었다. 과거와 현재 동료 중에는 그를 아는 사람이 거의 없는 듯 보였다.

"나한테 할 얘기가 있대. 아무래도 멍청한 핑곗거리라도 만들어야 할까 봐. 이러다가 나도 쥐도 새도 모르게 사라지는 건가? 가능한 한 빨리 전화할게." 줄리언이 릴리를 옆으로 불러 말했다.

그리고 갑자기 생각이라도 난 듯.

"에드워드한테는 알리지 않는 게 좋겠어."

거리에 나서자 운구인 둘이 그를 맞이하고는 양 옆에 서서 카터스트리트까지 50미터 정도를 이끌었다. 검은색 BMW는 노란 이중선 위에 서 있었다. 10미터쯤 떨어진 곳에 경관도 한 명 있었지만 애써 외면하는 눈치였다. 레지는 운전석에 앉아 있었다. BMW 뒤에도 녹색 포드가 있었는데 차가 출발하자 운구인 둘이 포드에 타더니 뒤를 쫓아왔다. 이윽고 두 차는 광활한 시골길을 달리고 있었다.

"그런데 그분 이름이 뭐죠?" 줄리언이 물었다.

"누구?"

"윗사람이요."

"스미스. 그 정도만 알고 있어요. 휴대전화 있습니까?"

"왜요?"

"잠시 보관해두죠. 미안하지만 규정이 그래요. 돌아갈 때 되돌려드립니다." 그가 왼손을 내밀었다.

"괜찮다면, 휴대전화는 제가 갖고 있겠습니다." 줄리언이 말했다.

레지가 왼쪽을 가리키더니 주차가 가능한 공간으로 들어갔다. 포드도 따라왔다.

"그래, 한번 놀아보자는 거요?"

레지의 위협에 줄리언도 별 수 없이 휴대전화를 넘겼다. 차는 대로를 벗어나 좁고 한적한 시골길로 접어들었다. 하늘이 어두워지더니 굵은 빗방울이 앞유리를 때리기 시작했다. 오른쪽 비포장길에 표지판이 하나 있었는데 '판매용'이라는 글자 위에 '판매완료'가 덧씌워져 있었다. 차는 웅덩이를 만날 때마다 덜컹거렸다. 녹색 포드도 계속 따라왔다. 차가 도착한 곳은 넓고 황폐한 정착촌이었다. 엉성한 초가 헛간과 다 썩어가는 일꾼 숙소가 군데군데 남아 있었다. 중앙에 버려진 농가도 하나 보였다. 그 앞으로 페인트가 벗겨진 미늘판이 있고 그 주변으로 온갖 종류의 탈것들이 반쯤 가린 채 여기저기 널브러져 있었다. 중급 수준의 승용차들과 관광버스에서 오토바이, 자전거, 전기자전거, 유아차까지 없는 게 없었다. 다만 특히 눈에 띈 차는 찌그러진 밴이었다. 잘못 본 게 아니라면 실버뷰로 가는 샛길에서 연인들이 사랑에 빠졌던 바로 그 차였다.

여기저기 오두막을 드나들거나 승용차, 오토바이들을 만지작거리는 사람들도 다양하기는 마찬가지였다. 중년의 부부에서 등산객, 정복 차림의 우체부는 물론, 아이들을 데리고 다니는 어머니들도 있었다. 하지만 무엇보다 인상적인 것은 사람들의 행동이 하나같이 일상적이라는 사실이었다. 레지가 그를 끌고 농가로 향하는데도 그쪽으로 고개 하나 돌리는 이가 하나도 없었다. 그때 평범한 회색 정장에 깡마른 사내가 망가진 계단을 열심히 내려오더니 멋쩍게 미소를 지으며 환영의 악수를 청했다.

"줄리언, 안녕하십니까. 전 스튜어트 프록터라고 합니다. 납치해서 죄송합니다만, 다소 긴급한 나랏일이라서요."

*

줄리언이 아무 말도 못 하고 있다 해서 할 말이 없거나 화가 난 것은 아니었다. 오히려 지금껏 며칠 동안, 아니 몇 주 동안 일종의 돌파구를 기다렸다는 사실을 늦게나마 깨달았기 때문이다. 그들은 레지마저 문밖에서 대기하게 했다. 스튜어트는 구식 손전등 불빛으로 어두운 실내를 안내했다. 다 깨진 타일, 헐벗은 들보, 박살 난 프랑스식 창문, 잡풀 우거진 정원까지. 정원 가운데 나무로 지은 정자가 있고 문은 열려 있었다. 웃자란 잔디 사이로 길이 나 있기도 했다. 천장에는 오일램프를 켜서 매달아두고 세라믹 탁자엔 스카치, 얼음 그리고 텀블러 두 개가 놓여 있었다.

"큰 문제만 없다면 두 시간이면 끝납니다." 스튜어트가 잔을 채워 하나를 건네며 말했다. "그런 다음, 마을로 다시 태워드릴 겁니다. 짐작하시겠지만 토론 주제는 에드워드 에이번이고 비밀 등급은 극비 이상입니다."

"말하기 싫다면요?" 줄리언이 물었다.

"재앙이 일어나겠죠. 영국의 적들에게 편의를 제공했다는 혐의를 붙여 당신을 체포하고 지하실 컴퓨터를 증거로 제시할 겁니다. 결탁하고 공모하고 반역을 꿈꾼 죄죠. 고전장서는 위장이고요. 아, 어쩌면 불쌍한 매슈도 공범으로 붙잡으려 하겠군요. 사인하는 게 편합니다. 우리도 당신이 필요하니까."

줄리언이 펜을 집고는 어깻짓 한 번 한 다음, 읽지도 않고 곧바로 사인했다.

"생각보다 담담하시군요. 의심해본 적은 있나요?" 스튜어트가 펜을 받고 양식도 주머니에 넣었다.

"어떤 의심?"

"그 값비싼 자기에 대해 에드워드와 얘기해보았나요?"

"아뇨?"

"실버뷰에 컬렉션이 있었죠."

"그 얘긴 들었습니다."

"혹시 암스테르담 본트라고 하면 무슨 얘기인지 전혀 모르시겠죠?"

"전혀요."

"바타비아 자기는?"

"마찬가지입니다."

"이마리? 켄디? 크라아크? 예, 당연히 모르시겠죠. 이런 용어들이 당신 컴퓨터에서 무더기로 발송되었다고 말씀드리면 놀라겠죠? 지금은 이중으로 삭제되었지만."

"예, 놀랍군요."

"물론 당신의 문학공화국과 실리아의 골동품 가게가 값비싼 중국 도자기를 공동 관리하는 것은 아니죠?"

"아니, 아닙니다. 절대로." 줄리언이 담담하게 대답했다.

"조금 마음을 가볍게 해드리자면, 나 역시 개인적으로 그의 따님 릴리를 걱정합니다. 알다시피 릴리는 이 일과 전혀 관계가 없어요. 그건 분명합니다."

"계속하세요."

"에드워드 에이번에게 은신처와 컴퓨터, 위장 시나리오 외에 특별한 도움을 준 적이 있나요? 심부름을 해준다거나…… 잘 생각해봐요. 폭넓은 의미에서의 심부름입니다."

"왜 제가 그런 일을 하겠습니까?"

"왜는 별도의 질문인가요? 물론 당신 숙소도 수색했죠. 아침 조깅 나갔을 때. 그랬더니 이게 나오더군요." 스튜어트는 줄리언에게 일기장 사진 복사본을 보여주었다. "올해 4월

18일 페이지를 보면 런던 콜택시 등록번호를 적어놓았어요, 그렇죠?"

그랬다.

"같은 페이지에 기차 시간도 적혔죠. 입스위치에서 LS, 아침 7시 45분. LS는 리버풀스트리트로 보이는군요. 그날 런던에 갔죠?"

"볼일이 있었으니까요."

"볼일은 없었어요. 내가 보기엔 호의로 자원했죠. 곧 이유를 알게 될 테지만 당신이 번호를 적어놓은 택시는 신용카드로 결제했어요. 택시는 웨스트엔드의 단골 저택에서 여자 손님을 한 명 태워 벨사이즈파크에 모신 후, 27분을 대기했다가 다시 태워 웨스트엔드에 데려다주었습니다. 참고로 택시비는 그린스트리트의 아랍연맹에 청구되었죠. 비용은 대기시간과 팁을 포함해 74파운드였고. 그 여자가 누구죠?"

"모릅니다."

"어디에서 만났습니까?"

"에브리맨 시네마, 벨사이즈파크."

"운전사도 그렇게 말하더군요. 거기에서는?"

"그 옆 카페."

"그것도 확인했습니다. 만남은 에드워드의 부탁 때문이죠?"

고갯짓.

"그날 개인적인 볼일이 있다고 했나요?"

"아뇨, 없었습니다."

"그러니까 그 일 때문에 간 거죠? 에드워드의 갑작스러운 부탁에 호의를 발휘한 거예요, 그렇죠?"

"어느 날 부탁하기에 다음 날 다녀왔습니다."

"그만큼 긴급했나요? 에드워드 편에서?"

"예."

"왜죠? 이유를 말하던가요?"

"급한 용무라고 했어요. 오랫동안 알고 지냈고 자기 삶에서도 큰 의미가 있는 여자였어요. 에드워드한테 중요한 일이었죠. 아내가 위독하다지만 그래도 그를 좋아했거든요. 지금도 그렇지만."

"하지만 여자가 그의 삶에서 어떤 역할을 하는지, 했었는지에 관해서는 말하지 않았죠?"

"그 여자한테 홀딱 빠져 있었다는데 그것도 그냥 흘러가는 얘기였겠죠."

"이름이 뭐였나요?"

"모릅니다. 그냥 편의상 메리라고 했어요."

스튜어트는 이해한다는 표정이었다.

"왜 급한지 얘기하던가요?"

"묻지도 않고 알려주지도 않았죠."

"편지 내용은요? 목적이나 메시지?"

"마찬가지입니다."

"어떤 시점에서든 편지를 읽지 않았나요? 읽지는 않았죠? 예, 그렇군요."

뭐가 그렇다는 것이지? 내가 보이스카우트처럼 명예를 중시한다고 보는 건가? 표정을 보아 하니…… 정말 그렇게 생각하는군.

"메리라는 여자, 그 여자는 당신 앞에서 편지를 읽었죠? 종업원의 증언입니다. 당신이 팁도 후하게 줬다면서."

"메리는 읽고, 난 안 읽었죠."

"편지가 길었나요?"

"종업원이 얘기 안 하던가요?"

"대답하시죠."

"에드워드의 자필로 대여섯 쪽 정도."

"그리고 당신은 부랴부랴 문구를 사서 여자한테 주었어요. 셀로판테이프까지. 그다음은?"

"메리가 편지를 썼습니다."

"역시 당신은 읽지 않았겠죠? 수신자는 에드워드였을 테고."

"주소를 적지는 않았어요. 그냥 평범한 봉투에 넣어서 에드워드한테 전하라고 했죠."

"왜 여자의 차량 번호는 적어놓은 겁니까?"

"충동이죠. 무척 인상적인 여성이었습니다. 특별하기도 했고요. 어쩌면 더 알고 싶어 했을지도 모르겠습니다."

"일기 다음 쪽, 그러니까 4월 17일을 보면, 자신에게 한 얘기를 낙서처럼 써놓았더군요. 입스위치에서 돌아오는 길로 보이던데, 맞나요?"

줄리언은 일기를 보았다.

"이렇게 적혀 있어요. '난 괜찮다. 편안하고 평화롭다.' 이게 누구 말이죠?"

"메리."

"메리가 당신한테 한 얘기인가요?"

"예."

"물론, 자기 얘기겠군요."

"예."

"그 표현으로 뭘 할 생각이었죠?"

"에드워드한테 전하려고 했어요. 그럼 기분이 좋아지리라 생각했는데 정말로 그랬어요. 그 말을 좋아했죠. 아름다운 여성이라고 했더니 그 말도 흡족해했습니다. 실제로도 미인이더군요." 그가 뒷말을 덧붙였다. 사실 마음속 깊이에서 우러나온 말이었다.

"그렇게 미인이었습니까?" 스튜어트는 사진 앨범을 꺼내 줄리언이 보도록 세라믹 테이블 상판에 펼쳐놓았다.

다리가 미끈한 여자가 표범가죽 외투 차림으로 리무진에서 빠져나오고 있었다.

"더 아름답습니다." 줄리언이 앨범을 돌려주며 대답했다.

"이건?" 그가 다시 앨범을 디밀었다.

오래전 사진. 흑백 케피예를 목에 두른 메리. 야외 연단에서서 아랍 군중에게 연설하는 메리. 주먹을 들고 행복해하는 메리. 열광하는 군중. 만국기. 특히 돋보이는 팔레스타인 깃발.

"에드워드는 메리가 안전하다고 했습니다." 줄리언이 말했다.

"그 말을 언제 했죠?"

"이틀 전쯤. 함께 오포드를 산책했어요. 그가 즐겨 찾는 곳이죠."

다시 정적.

"릴리한테는 뭐라고 할 겁니까?" 스튜어트가 물었다.

"뭘요?"

"지금까지의 대화. 당신이 본 내용. 부친의 정체 등등."

"지금 내 목숨을 걸고 사인하지 않았던가요? 왜 릴리한테 그런 얘기를 해야 하죠?"

"그래도 할 겁니다. 뭐라고 할 생각이죠?"

사실 얼마 전부터 그런 고민을 하던 참이었다.

"에드워드가 이미 상당 부분 털어놓았을 것 같군요. 어떤 식으로든."

*

깜빡 잊고 있었지만, 줄리언은 릴리에게 책방 열쇠를 주었다. 그 열쇠엔 숙소 열쇠도 붙어 있었다. 때문에 조명을 켰을 때, 릴리가 알몸으로 자기 침대에 누워 있다는 사실을 선뜻 받아들이지 못했다. 꿈은 아니었다. 그녀가 물에 빠진 여인처럼 그를 향해 두 팔을 내미는데 두 뺨 위로 눈물이 흘러내렸다.

"아무래도 살아 있음에 감사해야 할 때가 된 것 같아서." 잠시 후 그녀가 줄리언에게 고백했다.

12

"결국 이 난장판으로 끌어들이고 말았군." 퀜틴이 말했다. 한 눈은 스튜어트를 보고 다른 눈으로는 컴퓨터 모니터를 응시했지만 물론 스튜어트로서는 볼 수 없었다.

"제일 먼저 온 것 같은데?" 여전히 무덤덤한 말투였다.

"얼마나 협박을 해대던지. A12를 시속 170킬로미터로 달렸네. 맘에 안 들어." 스튜어트가 투덜댔다.

"아이들은 잘 지내고?" 퀜틴의 물음에도 관심은 여전히 컴퓨터에 가 있었다.

"뭐, 그럭저럭, 그 집은?"

"다들 잘 지내. 아, 테레사도 엘리베이터를 탔군. 지금껏 사태를 파악 중이었거든." 시선은 다시 컴퓨터로 향했다.

"오, 테레사도?"

사태라니? 테레사는 첩보국 법무팀의 거물 수장이다. 자기 사전에 말대꾸는 없다는 철의 여인이 싸울 태세를 갖추고 올라오는 중이란다.

둘은 꼭대기 층에 있는 퀜틴 집무실에 앉아 있었다. 단둘이. 그는 황량한 책상을 지키고, 스튜어트는 검은색 가죽 팔걸이 의자에 앉았는데 움직일 때마다 삐걱거리는 소리가 거슬렸다. 사방 벽은 고위직 집무실답게 고급 느릅나무로 화려하게 둘렀다. 조명이 어두운 탓에 검은색 옹이가 탄흔처럼 보였다.

퀜틴 배튼비는 왕성한 중년의 나이지만 스튜어트가 알게 된 이후 줄곧 그 자리를 지켰다. 갈색머리를 뒤로 빗어 넘겼으며 여전히 잘생긴 영화배우의 외모였다. 늘 고급정장 차림이고 재킷을 벗는 법은 절대 없었다. 물론 지금도 마찬가지다. 목소리를 높이지도 않았다. 그의 아내도 품위가 있는 여성이다. 첩보국 요원의 이름을 모두 알고 있다 해도 모습을 드러내는 경우는 극히 드물었다. 퀜틴은 보통 강 건너 독신자 아파트에서 지낸다. 그리고 세인트알반스에도 그의 저택이 있어 그곳에선 가족과 함께 가명으로 살고 있다. 정치적인 모습을 드러내지는 않았다. 다만 카드를 제대로 쓰고 다음 선거에서 토리가 승리할 경우, 국장 물망에 오른다는 소문은 있었다. 첩보국 내에는 가까운 친구가 없고, 가까운 적도 없다. 일급 분과위원인지라 의회 관리직원 정도는 한 손으로 주무를 수 있다.

그에 대해 기본적으로 알아야 할 내용이 남았는지는 모르지만, 25년을 러닝메이트로 뛰었던 스튜어트로서도 덧붙일 내용은 거의 없다. 퀜틴의 초고속 승진은 스튜어트에게도 항상 수수께끼였다. 둘은 나이가 같고 첩보국에도 같은 해에 들어왔다. 함께 훈련 과정을 거치고 함께 어깨를 부딪치며 작전들을 수행했으며 동일한 지위와 진급을 위해 경쟁했다. 다만 퀜틴은 언제나, 조금씩, 아주 가볍게 스튜어트를 추월하더니, 최근에는 아예 껑충 도약을 해버렸다. 스튜어트가 국토안보부에서 땅개처럼 기다가 은퇴를 얼마 남기지 않은 지금, 퀜틴은 단조로운 목소리와 잘 다듬은 두 손으로 황금관을 낚아채려 하는 것이다. 그러니 그저 입을 다물 것. 스튜어트야 그저 현장에서 뼈가 굵은 사람이 아닌가.

"스튜어트, 미안하지만 문 좀?"

스튜어트는 얌전히 문을 열어주었다. 장신의 풍운아 테레사가 검은색 파워슈트 차림으로 성큼성큼 입장했다. 손에는 담황색 폴더를 들었는데 녹색의 리본이 보란 듯이 대각선 십자가 모양으로 커버를 덮고 있었다. 이른바, "건드리지 말 것"이란 뜻의 첩보국 특유의 강력한 경고인 셈이다.

"이 건은 우리 모두에게 해당하는 것 맞죠, 퀜틴?" 그녀는 경고부터 날리며 양해도 없이 다른 팔걸이의자에 앉았다. 그리고 검정스커트를 조금 걷어 올리고 나서 가볍게 두 다리를 꼬았다.

"맞아요." 퀜틴이 대답했다.

"좋아요, 당연히 그래야죠. 또 하나, 이 대화를 녹음하는 일이 없길 바라요. 그 누구도."

"물론 그런 일 없어요."

"청소부들이 실수로 뭔가 떨어뜨리거나 하지는 않았겠죠? 이곳에 믿을 놈이 하나라도 있어야 말이죠."

"내가 확인했어요, 스튜어트. 우린 이곳에 없는 거야. 최신 정보가 있어. 자 준비는 됐지?"

"각오하는 게 좋아요, 스튜어트. 위기 상황이니까. 난 동이 트기 전에 상황을 해결해야 하고요. 엘렌은 잘 있죠? 여전히 남편을 휘어잡고 사나요?"

"잘 있어요, 고마워요."

"좋네요, 누군가는 잘 있다니 다행이군요." 그녀는 긴 팔을 뻗어 녹색 십자가의 폴더를 퀜틴의 책상에 탁 소리가 나도록 내려놓았다. "이 파일에 든 것은 전대미문의 오성급 폭탄이에요."

*

여유로운 상황이었다면, 에드워드의 사진부터 던져놓고 시작했을 것이다. 지난 몇 주 동안 실컷 캐지 않았던가. 지나치게 천진무구하고 날 때부터 성격에 문제가 있으며 종종 제멋대로인 사내, 낭만적 열정에 사로잡힌 반면 뼛속 깊이 우직하고 충직한 선임 에이전트. 조국을 위해 냉전 시대에 맞서 싸운 다음에도 애국심 하나로 보스니아를 겪었다. 그런데, 악몽 같은 일로 인해 일탈하고 만 것이다. 하지만 지금은 얘기를 들어줄 사람도 없고, 선처를 바란다고 탄원할 상황도 되지 못했다. 오로지 사실만이 상황을 해결해줄 것이다. 스튜어트는 이 두 사람이 그렇게 하도록 만들 참이다.

"궁금한 게 있는데, 제2차 이라크 전쟁 직전에 데버라의 싱크탱크가 무모한 제안들을 마구 내밀었지. 퀜틴, 실제로 본 적은 있나?"

"그건 왜?" 퀜틴이 되묻는 통에 오히려 스튜어트만 난감해졌다.

"아주 끔찍한 일이니까. 정보는 고급이고 확실하지만 정작 관심을 끌게 된 건 정치적 이유 때문이었네. 그 바람에 느낌만 있지, 실행 가능한 현실이라고 하기엔 애매해졌어. 이슬람 각국의 수도 동시다발 폭격, 가자와 남레바논을 이스라엘에 인계, 각국 수장 암살 프로그램, 대규모의 비밀 국제 용병대를 소집해 위장술책으로 지역에 인민의 이름으로 무차별 폭력을 일삼는……."

테레사는 더 이상 듣기가 어려웠는지 말을 끊고 나섰다.

"미친 개소리로군요. 그런 걸 누가 믿죠? 스튜어트, 핵심은 그 위험한 헛소리가 정신 나간 권력자들을 파고드는 바로 그 순간, 데버라 에이번이 실제로 당신을 찾아와 얘기를 했다는 거예요. 사랑해 마지않는 남편이 자기 보금자리 주변을 어슬렁거리며 잔뜩 침을 흘리는데, 오히려 당신이 그녀를 냉대했다면서요? 게다가 데버라 파일에다가 그녀가 질병과 과로 탓에 있지도 않는 공산주의 타령을 한다고 개소리를 잔뜩 써놓고? 공개조사가 있을 시 답변이 필요할 겁니다."

스튜어트도 이 순간이 올 줄 알고 있었다. 쉽게 질 생각은 없다.

"플로리안과 데버라는 그 문제가 실제라는 데 합의했어요, 테레사. 여전히 미해결이었고. 파일에 썼듯 데버라는 탈진하고 플로리안은 하루종일 술을 마셨……."

"그 얘기는 왜 안 썼죠?"

"그가 스파이질했다는 얘기는 출처도 증거도 없었으니까. 그리고 국토안보팀 수장으로 남의 부부싸움에 끼어들 생각도 없었어요."

"충격과 공포 와중에 미친 듯이 퍼마신 사람이에요. 왜 그랬는지 의심해볼 생각은 안 들었나 보죠? 자, 지금이라도 되돌아보고 생각해봐요. 그게 그가 건너갔을 때인가요?" 테레사가 따져 물었다.

"아뇨." 스튜어트는 두 질문 모두에 대한 대답을 준비했다.

퀜틴도 특유의 무덤덤한 목소리로 끼어들었다. 그 일을 하던 첼트넘 모니터들이 왜 그렇게 급격하게 기능이 떨어진 거지? 첩보국 쪽에선 늘 의심의 대상이긴 했지만.

그가 힐난하듯 이어갔다.

"게다가 지난 10여 년 동안 아무리 객관적으로 분석해봐도 두 사람은 더 큰 문제가 남아 있어. 상황이 그렇게까지 나갔다면 말이요. 안 그래요, 테레사? 정보사 내부의 경쟁 개념을 없애고 얘기합시다. 그 정도는 이미 과거사로 정리된 얘기 아니겠소?"

"오늘 아침 그쪽 대마법사한테 전화해서 정리했어요. 애초에 우리 사건이었고, 그쪽에서는 우리한테 브리핑이나 상황보고를 받은 적도 없고, 기웃거릴 이유도 없었죠. 이미 케케묵은 '오렌지의 의미' 논쟁에 불과해요. 테러범에게 오렌지 1톤은 수류탄 1톤을 뜻하겠지만 농사꾼한테는 그냥 오렌지일 뿐이죠. 중국 청화백자도 마찬가지예요. 기껏 상인 대 상인의 문제였고 장사 얘기였죠. 첼트넘이 끼어들 일이 아니에요…… 적어도 지난주까지는 아니었죠. 누가 엿듣든, 특정 상인의 인종적, 정치적 성향이 무엇이든 마찬가지 아닌가요? 게다가 그건 제1안건에 불과해요." 퀜틴이 손을 들었지만 테레사는 무시하고 말을 이어갔다. "안건이 두 개는 되어야 할 곳에 첼트넘이 하나만 가져온 적은 없으니까요. 제2안건은 사용된 암어와 여타의 암호화 기술이 너무나 저급했다는 사실이에요. 아홉 살배기 아이가 한 방에 깰 수 있을 정도였으니까. 그래서 그에게 아홉 살 아이를 달라고 했죠. 어차피 당신네 아이들이 딱 그 수준 아니냐고." 대화 끝.

"우리 조사의 이면에 대해 첼트넘이 뭐든 자세히 알고 있던가, 스튜어트? 그쪽에 브리핑할 때, 어떤 식으로든 이 건이 첩보국 내부의 안보와 관련이 있을지 모른다는 암시라도 준 적이 있나? 아무튼 낌새라도 눈치챘을 가능성이 있나?" 퀜틴이 물었다.

"그럴 리 없네. 우리 브리핑은 마을 전체용의 포괄적인 내용뿐이었어. 그것도 청화백자 얘기가 대부분이었지만 알맹이도 논리도 없었지. 그쪽에서 투덜대는 이유도 그래서야. 우리는 또 상인이나 민간인들의 이상한 전화를 잡으려고 애를 썼네. 플로리안이 종종 다른 사람 전화기를 이용했으니까. 전화를 빌릴 때는 비용을 지불해서 불만이 나오지 않게 했고. 부둣가에 폴란드인이 운영하는 싸구려 카페가 하나 있는데 한 달 사이에 가자에 건 전화가 열여덟 건이었더군. 통화 시간이 총 94분이고." 스튜어트가 자신 있게 대답했다.

"수신인은?" 퀜틴이 컴퓨터를 건드리며 물었다.

"주로 펠릭스 뱅크스테드라는 평화활동가야. 플로리안의 예전 파트너 아니아의 동거남이지." 스튜어트에게는 고마운 질문인 셈이다. 덕분에 플로리안의 더 커다란 일탈들을 묻을 기회를 얻은 것이다. "플로리안과 펠릭스는 보스니아 이후로 계속 연대해왔어. 펠릭스가 중동 관련 글을 편찬하는데 기껏해야 뉴스레터 수준이지. 〈펠리시타스〉라고. 플로리안은 이름을 바꿔가며 몇 년 동안 후원했네. 당연히 정치논평이었어. 펠릭스가 그의 발행인이자 편집자인 셈이었지."

테레사는 전혀 관심을 보이지 않았다.

"그래 봐야 사람들 비웃음만 사겠죠. 오십 파운드를 내고 일 년 정기구독을 한 다음 영국 첩보 대가들이 발행하는 최신호를 읽는다고? 장담하지만, 진짜는 살마를 위해 남겨놓았을 거예요. 살마야말로 최우선이니까. 아닌가요, 스튜어트?"

"대체 그런 걸 어디에 쓴다는 거지, 스튜어트?"

"살마가 원하는 방식으로 배포하겠지. 누구에게 어떤 방식으로 보내는지는 아직 모르지만. 터무니없이 들릴지 몰라도, 그녀의 평화 노력을 강화할 목적일 거야." 스튜어트가 변명하듯 말하다가 다시 힘을 모았다. "내 말은 퀜틴, 당신의 엄격한 훈령하에서도 우리가 아직 피해 문제를 들여다보지도 못했다는 사실이야. 외교부 분석가들을 풀어준 순간, 어떤 위장 시나리오를 만들어낸다 해도 비밀은 새어 나가고 말 거야. 아직까지는 아닐지 몰라도."

"인샬라." 테레사가 조롱하듯 중얼거렸다.

"당신이 원하는 방식이 이런 건가, 퀜틴?"

"플로리안이 〈펠리시타스〉와 자매지에 수차례 기고했다고 했는데, 대충 어떤 어조였나, 스튜어트? 예를 들면?" 퀜틴은 스튜어트의 질문을 무시한 채 되물었다. 너무도 애매하고 무덤덤한 목소리였다.

"다들 짐작하는 대로라네, 부국장. 어떤 희생을 치르더라도 중동을 손아귀에 넣으려는 미국의 결단, 자기들이 벌인 전쟁의 결과를 마무리하기 위해 또 다른 전쟁을 벌이는 미국의 습관, 냉전의 유물로서의 나토와 그 폐해, 배짱도 지휘관도 없이 뒤만 졸졸 쫓아다니는 영국. 영국은 위대함을 꿈꾸지만 그건 달리 어떤 꿈을 꾸어야 할지 모르기 때문이라고 묘사했더군."

스튜어트의 말에 잠시 정적이 이어졌으나 테레사가 끊어주었다. 아무래도 화제를 바꿔야겠다고 생각한 모양이었다.

"스튜어트가 얘기했나요? 그자가 뚜껑이 열렸을 때 뻔뻔스럽게 우리 첩보국에 대해 나불대고 다녔다고?" 그녀가 퀜틴에게 물었다.

"아니, 들은 바 없어요, 아직." 퀜틴이 조심스럽게 대꾸했다.

"존 스미스인지 뭔지라는 이름으로 플로리안이 쓴 글에 따르면, 이라크 난리판이 온전히 영국 첩보국의 작품이에요. 이유가 뭐죠? 역사상 가장 유명한 스파이, T. E 로렌스와 거트루드 벨이 어느 날 오후 연필과 자를 들고 국경을 그렸기 때문에? 첩보국이 혀를 기막히게 놀려서 권력에 미친 CIA를 꼬드겨 이란 역사상 가장 위대한 지도자를 내쫓고 그로써 끔찍한 혁명을 획책했다는 주장도 했죠."

그 말이 가벼운 안도감을 의도했는지는 모르겠지만, 스튜어트가 보기에 퀜틴에게는 오히려 역효과를 낸 듯했다. 깊은 고민에 빠져든 것이다. 특유의 초롱초롱한 푸른 눈이 검은 창으로 변하고 잘 다듬은 손으로는 아랫입술을 잡아 뜯기 시작했다.

"그를 불러들였어야 했어. 이야기를 듣고 도움이 필요하면 도와줬어야 해."

"플로리안을요? 우리보고 대미 정책을 바꾸라고 요구하면요? 그럼 어떻게 하게요?"

"지나간 일일 뿐이요. 재발할 우려도 없고 밝혀진 피해도 없소." 퀜틴이 창가로 이동했다. "그 사람들한테도 그렇게 얘기했죠?"

"물론입니다. 다만, 그쪽에서 믿느냐 아니냐는 또 다른 문제겠죠." 테레사가 대답했다.

스튜어트는 원래 얌전히 있을 생각이었다. 플로리안이 첩보국 계획이나 무기력한 상황까지 넘겼을까? 일부에서 객관적 조언이라는 오랜 전통을 내동댕이치고, 제국주의적 환상이라는 밀림을 통해 경솔하고 해묵은 싸움을 택했다는 근거나 사실까지도?

퀜틴은 문제 자체가 추상적이라고 판단했다. "자, 그 친구는 버립시다. 딱히 영국인도 아니잖아. 우리가 해결할 수 있소. 첩보국 정식 요원도 아니고 기껏해야 임시 고용원이었으니까. 그것도 상한 사과."

테레사는 물러나지 않았다.

"퀜틴, 맙소사, 목요일 〈더타임스〉의 데버라 부고 읽어봤어요? 인용해보죠. '지난 사반세기 동안, 데버라는 친애하는 동료들이 잘 알고 있듯, 영국에서도 가장 유능한 정보 관료였다. 어느 날 그녀가 어떻게 나라의 안녕에 이바지했는지 전부 들어보고 싶다.' 플로리안은 남편 아닌가요? 장례식이 끝나고 스물네 시간도 안 됐는데 끌고 온다는 얘기예요? 그러면 매체들이 가만히 있을 것 같아요?"

퀜틴이 정말 그럴 생각이었을까? 아니, 뭐든 생각은 있었을까? 그동안 내내 어디 있었지? 어디에 있기는 했나? 아니면 울타리에 올라서서 어느 쪽이 더 끌리는지 두고 보기만 한 걸까?

"그럼 첩보국을 위해서라도, 이 자리에서 피해 규모부터 살펴야겠군." 그가 다시 창문을 보며 말했다. 마치 창문이 자신을 보호해주기라도 하는 사람 같았다.

목소리를 높이지는 않았지만 그렇다고 무색무취한 것만도 아니었다. 스튜어트가 듣기에는 위원회용 목소리를 연습하는 것 같았다. 그리고 그것도 얘기가 이어지면서 제자리를 잡아가고 있었다.

"강경하게 대처해야 할 거요. 이곳에서 보는 건, 그의 배신 모두를 망라하는 결정적이고도 부적절한 고백이요. 몇 주, 몇 달 동안 극소수 각료들을 상대로 진행된 배신 말이요. 첫날부터 그가 살마에게 넘긴 정보 그리고 그 여자가 어떤 목적으로 어떻게 이용했는지 알아야 해요. 그게 없으면 거래의 여지는 없어. 절대로. 우리 조건은…… 절대적이고 엄중하고 타협불가여야 할 거요." 그는 마지못해 그 단어들을 사용하는 듯했다.

"그쪽도 그렇게 나오겠죠. 모르시겠지만 정부도 크게 화가 나 있어요. 아침에 거짓말을 하고 오후에 개망신을 당하고 싶지는 않을 테니까. 우리 첩보국 힘으로 그자들이 내일 〈가디언〉 신문에서 '플로리안의 도발: 1권'을 읽지 못하게 할 수 있나요? 책을 플로리안에게 던지면 그가 맞을까요? 그들의 법적 견해대로라면 지금으로서는 전혀 아닐 것 같거든요? 내 의견이라면 지금으로서는 이게 최선이에요." 테레사는 폴더를 열어 녹색 리본으로 장식한 공식 문건으로 보이는 자료를 흔들었다. "바로 세 시간 전에, 간신히 얻어낸 거죠. 이제 쉼표 하나 바꾸지 못해요. 플로리안이 사인하지 않으면 그걸로 끝입니다."

*

한 시간 후, 스튜어트로서는 탈진 지경이었지만, 그래도 입구에서 희소식이 기다리고 있었다. 보안과에서 휴대전화를 회수해 열어보니 두 시간 전에 엘렌의 문자가 와 있었다. 히스로 공항으로 오는 중이란다. 발굴 작업이 생각만큼 재미있지 않았나 보다.

13

그날 아침 9시, 스튜어트는 도로 정체 속에서 런던을 떠났다. 차는 첩보국 포드였으며 옷은 일반 정장보다 고급이었다. 안주머니에는 길고 가는 양피지 문서가 들어 있었다. 자기 생각이기는 하지만 에드워드를 곤경에서 구해줄 문서였다. 잘하면 에드워드가 감옥에 가지 않을 수도 있었다. 남은 일이라고는, 이 문서를 에드워드에게 가져가 읽고 생각하고 사인하게 하는 것뿐이었다.

한 시간 전, 돌핀 스퀘어에서 실버뷰에 전화했지만 아무도 받지 않았다. 그래서 곧바로 만병통치약 국내 감시과장 빌리에게 연락했다. 감시과는 데버라의 편지를 받은 이후 줄곧 플로리안을 집중 감시 중이었다. 보안상의 이유로, 이번 작전을 팀 훈련용으로 포장했다는데 당연히 현명한 처사였다. 플로리안은 과거 관리요원이며 감시팀원을 식별해내기로 했다는 얘기다.

아니, 플로리안은 집에서 나오지도 않고 전화를 받지도 않습니다. 빌리는 그렇게 말했다.

"깊이 잠든 모양인데요, 스튜어트. 나라도 그럴 것 같은걸요. 어제 장례 이후에 집으로 돌아가서 11시 10분까지 릴리와 함께 있었습니다. 릴리는 애인 책방으로 떠나고 플로리안은 잠시 어슬렁거렸죠. 그림자로 확인했습니다. 그리고 새벽 3시, 불을 끄고 잠자리에 들었죠."

"아이들은 어때, 빌리? 너무 빵빵이 돌리는 것 아냐?"

"천만에요, 스튜어트. 요즘처럼 애들이 자랑스러운 적도 없는걸요."

빌리나 감시요원을 보내 에드워드를 깨울까 고민했지만 관두기로 했다. 대신 8시 반경 차에서 서점에 전화를 걸었다. 줄리언이 공손하게 전화를 받았다. 릴리가 거기 있나요?

릴리는 없었다. 솔프니스의 소피 이모 댁에 갔어요. 샘을 픽업하고 이모를 실버뷰에 모시고 가야 한답니다. 내가 도와드릴 일이 있을까요?

스튜어트는 그나마 다행이라고 생각했다. 안가에서 릴리를 만난 후 여지껏 죄의식을 떨쳐버릴 수가 없었다.

문득 아이디어가 떠올랐다. 에드워드가 문서를 일찍 확인할 필요가 있다. 그래야 삶이 제자리를 찾는다. 그래서 대답했다. 예, 생각해보니까, 도와줄 일이 하나 있어요. 거기 프린터가 있나요?

"뭐 하려고요?" 줄리언이 물었다. 목소리가 더 이상 공손하지 않았다.

"컴퓨터로 인쇄 좀 하게요. 아니면, 뭐겠습니까?"

"컴퓨터는 그쪽에서 모두 훔쳐갔어요. 잊었습니까?"

"그럼, 팩스는요?" 스튜어트는 물러서지 않았다. 멍청하기는, 컴퓨터 얘기를 꺼내다니.

"팩스는 있어요. 저장실에."

"누가 다루죠?"

"내가요."

"팩스를 다루는 동안 매슈를 다른 곳에 보낼 수 있어요?"

"가능해요."

"릴리도?" 대답이 없었다. "릴리를 괴롭히고 싶지 않아서 그래요. 이미 많이 힘들잖소. 급한 문서를 릴리 부친한테 가져가야 하는데 에드워드 혼자만 보고 사인해야 해요. 그런데 그 전에 손을 좀 볼 생각이에요. 이해 가죠?"

"조금은요."

"팩스로 줄리언한테 보낼게요. 그럼 봉투에 담은 뒤 곧바로 에드워드한테 가져가서 프록터가 이렇게 말했다고 전해요. '꼼꼼히 읽어요, 나도 곧 갈 겁니다. 언제, 어디에서 만나고 싶은지 알려줘요. 그럼 그때 이 문제를 처리합시다.' 그런 다음 이 전화로 나한테 연락해서 장소와 시간을 알려주면 됩니다."

맙소사, 말 그대로 첩보국 풋내기처럼 말하고 있잖아? 어쨌거나 줄리언은 첩보국의 천연자원 같은 인물이니 상관은 없었다.

"실버뷰에 이메일로 보내면 되지 않습니까?" 줄리언이 거부했다.

"규칙상 에드워드는 자기 컴퓨터를 보유하지 못해요. 줄리언, 당신도 잘 알잖소?"

"그리고 그쪽에서 데버라의 컴퓨터도 훔쳐 갔죠."

"회수한 거요. 애초에 데버라 물건이 아니었으니까. 게다가 알다시피, 에드워드는 전화를 받지 않아요. 그러니까 당신뿐이지. 팩스번호가 어떻게 되죠?"

줄리언이 성깔을 드러내도 스튜어트는 개의치 않았다.

"정말 내가 읽지 않을 거라고 확신하는 겁니까?"

"줄리언, 당연히 읽겠지. 그래도 별로 개의치 않아요. 그냥 뿌리고 다니지만 맙시다. 그랬다간 오랫동안 교도소 신세를 질 테니까. 당신 역시 서류에 사인했잖소. 팩스가 몇 번이요?"

스튜어트는 그다음으로 안토니아에게 전화해 줄리언의 팩스 번호를 알려주고 그 번호가 론즐리 베터북스 번호인지 확인하게 했다. 보안상 이유요. 번호가 맞으면 에드워드의 면죄부 카드 사본을 곧바로 그 번호로 보내요.

안토니아가 항의했다. 서명이 필요하다는 얘기였다.

"그럼 테레사한테서 받아요. 서류나 당장 보내고."

이런 사소한 통화는 스튜어트 자신도 신기했다. 처리해야 할 일들이 이토록 엄중하건만. 하지만 그도 이 일에 이력이 난 터라 중요한 사건일수록 사소한 단계에서 풀려나간다는 정도는 알고 있었다.

12시 25분 A12 도로에 진입할 때쯤 줄리언이 전화를 걸어 에드워드의 답변을 알려주었다.

스튜어트는 혼자 가기로 했다. 실버뷰는 비밀 보장이 어렵기에 접선 장소로 마땅치 않았다. 에드워드는 오포드를 제안했다. 날씨가 좋다면 오후 3시 부두지대에서 기다리겠단다. 그렇지 않으면 20미터 거리의 쉽레크 카페 안이다.

"그가 어떻게 받던가요?" 스튜어트가 진지하게 물었다.

"잘 받았어요. 전해 들은 바에 따르면."

"전해 들어? 에드워드를 보지 못한 거요?"

"소피가 문을 열었어요. 에드워드가 2층 욕실에 있다더군요. 힘든 밤을 보냈다면서요. 그래서 소피한테 봉투를 건넸고 그녀가 2층으로 가져가 얼마 후 답변을 듣고 돌아왔어요."

"얼마 후? 얼마 후가 얼마나 돼요?"

"10분. 두어 번 읽을 정도의 시간 아닌가요?"

"당신은 읽는 데 얼마나 걸렸소?" 농담.

"읽지 않았어요. 당연히."

스튜어트는 줄리언을 믿었다. 직접 봉투를 전했으면야 더 좋겠지만 소피가 과거 에드워드의 충실한 보조요원이었음을 감안하면 더 믿을 만한 중개인은 기대하기 어려웠다. 이 위태로운 상황에 소피가 실버뷰에 있다는 사실도 반가웠다. 에드워드가 이 문제로 스트레스를 받을 경우 그녀가 심리적 안정을 제공해줄 것이기 때문이다.

스튜어트는 갓길에 차를 세우고 오포드의 우편번호를 내비게이션에 입력했다. 그리고 약도를 확인한 뒤 본부에 전화를 걸어 퀜틴과 통화할 수 있는지 물었다. 그는 자리에 없었다. 스튜어트는 비서에게 메시지를 남겼다. 이제부터는 빌리에게 작전 변경을 알려야 한다. 에드워드가 집을 떠날 때까지 팀은 현재 위치를 고수하고, 집을 떠나면 고정요원들은 그가 돌아올 때까지 자리를 지키되 나머지는 오포드의 접근로, 즉 마을 광장과 샛길들을 엄호할 것.

"하지만 공간이 필요해, 빌리. 그 양반은 생사의 결정을 해야 하네. 아이스크림 산다고 부둣가를 어슬렁거리지 말라는 얘기야. 그도 신경이 곤두섰을 테니까. 감시당한다고 판단하면 모두 허사야."

다시 말해서, 스튜어트는 에드워드와 독대를 원했다. 시간은 이미 정오쯤, 날씨는 좋았다. 이제 세 시간 후면 에드워드를 만난다. 부두에서의 접선을 생각할수록 기대감도 커졌다. 작전상 스튜어트는 목표를 확보했다. 에드워드를 사냥하고 코너로 몰아 이제 낱낱이 실토하게 만들 때가 된 것이다. 최종결론, 피해규모, 보조요원(있을 경우), 방식, 첩보국 내의 동조자…… 사실 모두 가설에 불과하다, 에드워드는 늘 독불장군이었다. 그리고 타깃 1호로서, 에드워드가 아는 살마의 고객망, 그녀에게 브리핑을 한 사람들 명단(과연 있을까?) 그리고 살마의 네트워크(있기는 할까?).

그렇게 상황이 끝나면 솔직하게 물어볼 생각이다. 사나이 대 사나이로서. 에드워드, 당신 정체가 뭐죠? 그동안 그렇게 수많은 인물로 살았으면서도 여전히 다른 사람들처럼 행동하는 당신 말입니다! 겹겹의 위장을 벗겨내고야 겨우 찾아낸 당신? 아니면 그 변장들을 다 더해야 비로소 진정한 당신이 되는 겁니까?

그래서 그게 당신이라면, 더 위대한 사랑을 위해 매해 사랑도 없는 결혼생활을 어떻게 견딘 겁니까? 아니아의 말에 따르면 영원히 실현될 수 없는 사랑이건만?

물론 이런 질문은 풋내기들이나 할 것이다. 게다가 그렇게 질문할 경우, 스튜어트의 편에서도 자신을 지나치게 노출할 위험이 없지 않다. 그것도 서푼어치 호기심 때문에. 하지만 싸움은 끝났다. 더 이상 잃을 게 어디 있단 말인가? 생명을 갉아먹는 열정이라는 개념은 물론, 그 열정 때문에 자신의 삶을 뿌리째 흔들리도록 방치했다는 생각은 그에게도 당혹스러웠다. 어떤 종류든 절대적 헌신은 스파이로서의 그에게 심각한 안보 위협일 수밖에 없다. 그건 첩보국의 윤리와도 절대로, 결코 양립할 수 없다. 물론 요원들의 절대적 헌신을 다루는 문제라면 얘기가 달라지겠지만 말이다.

하지만 에드워드는 그가 만난 어느 사람과도 다른 종족이다. 애써 감출 생각도 없어 보였다. 철학을 좋아한다면(스튜어트는 다소 거리가 멀다) 에드워드는 실체이고 스튜어트는 단순한 개념이라 말할 수도 있겠다. 에드워드가 삶의 지옥을 수도 없이 겪은 반면, 스튜어트는 기껏 몇 경우를 목격했을 뿐이니까 말이다.

죄의식과 수치의 용광로 속에서 달궈지는 기분은 도대체 어떤 지경일까? 아무리 애를 써도 절대로 치욕을 씻어내지 못한다는 사실을 아는 것은? 온 힘을 쏟아내고 또 쏟아도, 영육이 갈가리 찢겨나가기만 한다면? 폴란드에서도 그랬지만, 보스니아야말로 너무도 결정적이고 직접적이지 않았던가?

바니가 파리에 있을 때 플로리안, 즉 "잠재적 가능성이 무궁무진한 가장 흥미롭고 젊은 신입 요원"에 대해 첫 보고서를 보낸 적이 있다. 보고서에는 플로리안이 '교묘하게 감춘 폴란드 과거'를 언급했는데, 마치 폴란드의 과거가 부친이 아니라 에드워드 자신의 잘못인 양 기록했다. 태어날 때부터 그에게 드리우고 그를 제외한 모든 사람의 눈에서 지워진 과거. 그 역겨운 보고서 말미에는 비밀의 과거가 바로 "플로리안이 우리를 위해 일하는 원동력이며, 그로써 어떤 능력으로든 공산주의 목표와 싸울 것이다."라고 적어놓았다.

실제로 그는 바로 그 원동력으로 움직였으나 결국 훨씬 더 강력한 엔진으로 교체되었다. 살마, 비극적 홀어머니, 아들을 강탈당한 모친, 극단적인 평화활동가, 영원히 가닿을 수 없는 연인.

스튜어트는 이성적으로 공감할 수가 없었다. 아무리 양보해도, 에드워드가 아내를 감시하며 조국의 비밀을 누설했다는 것만큼은 사실이다. 그것만으로도 20년형은 각오해야 할 범죄였지만, 격론 끝에 그것만큼은 건드리지 않기로 합의를 보았다.

에드워드가 그 수많은 오점에도 불구하고 첩보국을 사랑했을까? 그것도 물어봐야겠다. 사랑했겠지? 우리 모두 사랑하니까.

첩보국을 해결책이 아니라 문제로 본 것은 아닐까? 이따금 스튜어트도 그렇기는 했다. 일관된 외교정책이 부재한 상태에서 첩보국이 그릇에 비해 너무 비대해질까 우려했던 걸까? 좋다, 설령 그렇다 해도 스튜어트로서도 첩보국을 비호할 생각은 전혀 없다.

잠시 릴리한테 돌아가보자. 그나마 지평선이 좀 더 밝아지기는 했다. 불쌍한 사람이 정말 착한 남자와 맺어진 것 같으니. 어제 줄리언이 보여주고, 오늘 전화 통화에서 느꼈던 것처럼, 잭이 조금만 더 선한 마음이었던들 얼마나 좋았을까. 케이티같이 지혜와 현실 감각이 굳건한 아이가 똑같이 현실적이고 똑똑한 남자와 어울렸다면 박수갈채를 치고도 남으련만.

스튜어트는 이번엔 엘렌에 관해 생각하기 시작했다(아니, 내 내 엘렌 생각을 하기는 했다). 도대체 무슨 이유로 휴가 계획을 바꿨을까? 정말로 잘생긴 고고학자 때문일까? 그렇다면 이번이 첫 번째 투기였을까? 아니면 그가 모르는 남자가 더 있는 걸까? 이따금 결혼 자체가 위장 시나리오 같기도 했다.

후일 돌이켜보니 빌리가 불길한 소식을 전해온 것은 그렇게 하염없이 상념 속에서 표류하고 있을 때였다. 플로리안이 집에서 나오지 않았다는 것이다. 실버뷰에서 오포드까지 적어도 40분은 걸린다. 약속 시간이 30분도 채 남지 않았는데?

"차는 어디 있지?" 스튜어트가 물었다.

"아직 진입로입니다. 밤새도록 그곳에 있었죠."

"그 양반 택시를 이용하지 않나? 뒷문으로 나가 택시를 탔을지도 모르잖아."

"스튜어트, 정문, 뒷문, 정원문, 쪽문, 창문에 2층 창까지 모두 우리가……."

"소피도 안에 있나?"

"나오지 않았습니다."

"릴리는?"

"서점에 갔어요. 샘과 함께."

"소피가 도착한 이후로 찾아온 사람은?"

"우체부가 왔죠. 언제나처럼 11시 10분이었어요. 정크메일로 보였어요. 계단에서 소피와 몇 마디 나누고 떠났습니다."

"오포드에는 누가 있지?"

"광장, 술집, 해산물 식당 창문을 지키고 있습니다. 부둣가에는 지시대로 아무도 보내지 않았어요. 작전을 바꿀까요? 아니면 그대로 갈까요?"

"아직은 그냥 있어 보자고."

*

스튜어트에게도 선택의 시간이 돌아왔다. 사실 망설일 이유도 없었다. 실버뷰 감시팀에 합류해야 하나, 빌리의 밴 안에서 빈둥거리며? 아니면 에드워드가 요령껏 감시망을 피하고 다른 수단을 이용해 오포드로 향하고 있다고 믿어야 할까? 그가 달아났을 가능성은 별로 크지 않았다. 면죄부를 주겠다는데 무슨 이유로 거부한단 말인가.

오포드는 좌회전, 5킬로미터. 스튜어트는 왼쪽으로 핸들을 꺾었다.

1차선 도로와 표정점들. 오른쪽으로 성. 흰색 미니버스가 다가와 도로를 양보하기 위해 갓길에 차를 댔다. 즐거운 등산객들, 아마도 빌리의 아이들이겠다. 선수 교대 중이겠지? 아무쪼록 부둣가엔 얼씬도 하지 말 것. 그 누구도.

광장에 진입하니 중앙에 주차장. 왼쪽 맨 끝에 부두로 향하는 좁은 길이 보였다. 스튜어트는 천천히 그 길로 접어들었다. 양쪽으로 어촌 특유의 오두막들이 줄을 짓고 양방향으로 이따금 행인들이 보였다. 에드워드는 어디에도 없었다.

마침내 부두, 그 너머 작은 선박들, 곶, 안개, 광활한 바다. 주차를 할까 말까? 스튜어트는 주차를 하고 주차비 지불기는 무시한 채 성큼성큼 진창길을 따라 부둣가로 향했다.

관광객 몇 명이 보트여행을 위해 대기 중이었다. 야외 테이블이 있는 카페 하나. 차를 홀짝이는 사람들, 맥주를 마시는 사람들. 그는 카페 창 안을 들여다보고 야외도 훑었다. 이곳에서는 숨을 곳도 없다. 분명 나를 지켜보고 있으리라.

정고艇庫의 열린 문 안에서 어부 두 명이 작은 배를 뒤집어 놓고 니스를 칠하고 있었다.

"혹시 주변에서 내 친구 못 보셨습니까? 에이번, 테디 에이번? 조금 전에 이곳에 왔을 텐데?"

이름도 들어본 적 없수다.

그는 차로 돌아가 빌리에게 전화했다. 그대로입니다, 스튜어트.

전문 에이전트 프록터, 이제 본능을 모두 접고 조심스럽게 조치를 취해야 한다. 그는 보좌관 안토니아에게 전화를 걸었다.

"안토니아, 플로리안한테 탈출 여권이 얼마나 있지?"

"잠깐만요. 넷이에요."

"만료된 것은."

"없어요."

"우리가 중지시키지 않았던가?"

"아뇨."

"그럼 계속 갱신했겠군. 우린 아무 조치도 취하지 않고. 미치겠군. 당장 모두 중시시켜. 영국 여권도 포함해서. 모든 공항에 연락해서 보는 즉시 억류하라고 해."

그다음엔 줄리언에게 전화했다. 진작에 했어야 하건만.

*

스튜어트가 실버뷰에 도착했을 때 이미 줄리언과 릴리가 와 있었다. 줄리언의 랜드크루저는 앞마당에 주차되어 있고 두 사람이 막 집에서 나오고 있었다. 릴리는 계속 고개를 숙인 채 스튜어트를 지나 자동차 조수석으로 들어갔다.

"에드워드는 집에 없습니다." 줄리언이 스튜어트와 마주 서며 말했다. 당혹스러운 목소리. "꼭대기에서 바닥까지 샅샅이 뒤졌지만 메모 한 장 없네요. 급하게 어디론가 간 모양이에요."

"어떻게?"

"모르죠."

"릴리도 모르겠군."

"물어봐야 소용없겠지만 모를 겁니다."

"소피는 어때요?"

"부엌에 있습니다." 줄리언은 짧게 말하고 랜드크루저 운전석에 올라탔다.

부엌은 넓고 어두웠다. 다리미판. 세탁 냄새. 소피는 타탄쿠션의 팔걸이의자에 앉아 있었다. 헝클어진 은발. 동유럽 변경 출신, 폴란드 노파 특유의 지친 얼굴.

"모를 일이군요. 내가 왔을 때만 해도 멀쩡했어요. 차를 마시고 싶다기에 차를 타줬죠. 목욕을 해야겠다며 목욕탕에도 갔고요. 그때 줄리언이 왔어요. 에드바르한테 전할 편지가 있다고. 난 편지를 문 아래로 넣어줬죠. 몇 분 정도 편지를 읽더니 이렇게 소리치더라고요. 좋아요, 좋아. 줄리언한테 3시가 좋다고 전해줘요. 오포드, 3시. 목욕 후에는 정원을 산책했어요. 산책을 좋아하는 사람이니까. 난 여기서 다리미질을 했죠.

그 후로는 못 봤어요. 친구가 차를 몰고 와 데려갔을지도 모르죠. 에드바르는 데버라 때문에 무척 슬퍼했어요. 말수도 적었고. 나한테 그러더라고요. 소피, 정말 데버라가 보고 싶어요. 어쩌면 무덤에 갔는지도 모르겠네요." 소피가 말했다. 흡사 오랫동안 준비해둔 연설 같았다.

스튜어트는 마을 위쪽 언덕배기에 차를 세운 뒤 각오를 다진 후 퀜틴의 집무실에 전화를 걸었다. 이번에도 비서가 받기에 플로리안이 실종되었다고 보고했다. 합의한 서류에는 사인하지 않았으며 스튜어트 자신이 영국 여권을 포함해 여권 모두를 중지시키고, 공항에 감시령을 내렸다는 얘기도 덧붙였다.

그는 곧바로 테레사와 통화했다. 테레사는 단도직입적으로 에드워드를 도주한 범인으로 전환하고 즉시 경찰과 공소청에 신고할 것을 제안했다.

"테레사, 나한테 두 시간만 더 줘요. 길을 잃었을 수도 있으니까."

"날 엿 먹이지는 말아요. 지금 난 국무조정실로 가는 중이에요."

스튜어트는 다시 빌리에게 전화해, 이번에는 감시팀 전체를 보내 부근을 수색하라고 지시했다. 그래, 필요하다면 항공경찰도 끌어들여. 에드워드를 찾으면 최소 인원만으로 억류하되 절대 경찰에게든 누구든 인계하지 말 것. 스튜어트 자신이 먼저 대화를 할 필요가 있었다.

"그 양반한테 그럴 수는 없어, 빌리. 그냥 시간을 벌자는 거야. 곧 나타날걸세."

정말일까? 스튜어트도 자신은 없었다. 이미 오후 5시 땅거미가 내려앉기 시작했다. 지금으로서는 기다리는 수밖에 없었다. 이따금 줄리언에게 전화를 걸어 새로운 소식이라도 있는지 물어보았다.

*

걸리버 커피숍에서 제일 작은 소리는 폭음이었다. 샘은 놀이터에서 신나게 뛰어논 뒤 유아차에서 깊이 곯아떨어졌다. 릴리는 평소처럼 바 스툴에 앉아 두 손으로 머리를 감싸거나 휴대전화를 들여다보았다. 아무리 기다려도 벨은 울리지 않았다. 아니면 하염없이 창가에서 기다리기도 했다. 에드워드가 홈부르크모자에 황갈색 레인코트 차림으로 저 거리에서 인사를 보낼지 어떻게 알겠는가. 스튜어트도 두 번이나 전화를 걸어 소식이 있는지 물었지만 다시 세 번째 벨이 울리고 있었다.

"지옥에나 가라고 전해." 릴리가 어깨 너머로 투덜댔다. 상황이 상황이니 저절로 욕설이 튀어나왔다.

다시 명상으로 돌아가려는데 매슈가 문가에 나타나, 우체부 앤디가 아래 저장실에서 기다린다고 했다. 배달을 막 끝내고 사적인 문제로 릴리와 할 얘기가 있다는 것이다.

릴리는 휴대전화를 들고 매슈를 쫓아 아래층으로 내려갔다. 2미터 장신의 앤디는 우체부 복장이 아니라 청바지 차림이었다. 이제 막 배달을 끝낸 사람치고는 지나치게 옷을 빨리 갈아입었다는 생각이 들었다. 그건 나중에 줄리언에게도 얘기했지만, 아무튼 불길한 기분까지 들었다. 더욱이 앤디의 얼굴에선 평소의 밝은 표정까지 사라졌다.

"우리 우체부가 절대 하지 말아야 할 일이 뭔지 알아요, 릴리? 승인받지 않은 승객을 태우는 거요. 잡히면 그걸로 끝장이거든." 앤디는 뜬금없는 얘기부터 시작했다.

정말, 정말, 걱정스러운 건 에이번 씨, 예, 테디의 건강 상태였어요. 에드워드는 앤디의 밴 뒷좌석에 몰래 숨어들어서 마치 농담이라도 하듯, 미안하네, 앤디라고 인사했다. 에드워드 말에 따르면, 소피가 그를 위해 차를 준비하지만 않았던들, 애초에 밴까지 오지도 못했을 것이다. 그가 어떻게 그 고통을 견뎌냈는지, 그 왜소한 모습하며, 앤디로서는 도무지 상상이 가지 않았다.

그때쯤 줄리언도 릴리 뒤에 나타나 앤디의 이야기를 듣고 있었다.

"내가 그랬어요. 테디, 내려요. 그냥 내려요. 더 이상 할 말 없어요. 그랬더니, 처제가 당장이라도 실버뷰에 올 텐데 자기로서는 도저히 만날 수가 없다고 하더군요. 물론, 릴리, 소피 이모를 모욕할 생각도 없고 자동차 열쇠도 잃었으니 달리 방도가 없다고 사정합디다. 내가 그랬죠. 에이번 씨, 사정이 어떻든 상관없어요. 당장 나가지 않으면 경적을 울릴 겁니다. 그럼 그것으로 끝이에요. 어쩌면 나도 끝날 수 있고."

"그래서 눌렀나요?" 릴리가 물었다. 줄리언이 듣기에는 기대보다 충격이 덜한 목소리였다.

"그냥 해본 소리요, 릴리. 그가 그러더군요. 이런, 앤디, 진정하게나. 나도 충분히 이해하네. 이해하고말고…… 테디가 사람을 얼마나 잘 구슬리는지 알죠, 릴리?…… 앤디, 그냥 차고 다음 모퉁이 돌아서 내려주면 되네. 그때부터 걸어가면 되네. 그럼 아무도 알지 못해. 여기 십 파운드 받게나. 물론 난 받지 않으려 했어요. 에이번 씨는 전혀 좋아 보이지 않았어요, 릴리. 데버라가 그렇게 떠났으니 누군들 괜찮을 리 없겠지. 다만 이 일이 알려지면……."

"어디로 가셨죠?" 릴리가 다소 화급한 목소리로 물었다.

"말씀 없으셨어요, 릴리. 물어볼 수도 없었고. 얼마나 재빨리 차에서 내렸는지 상상도 못 할 겁니다. 다만 이런 말씀은 하시더군요. 최대한 소피 이모한테서 멀리 떠나야 한다고. 다만 내가 금방 되돌아왔는데……."

"돌아오다뇨? 어디로?" 다시 릴리가 물었다.

"에이번 씨가 내린 곳을 돌아보려고요. 괜찮으신지 확인하고 싶었어요. 그 연세에 넘어지거나 할 수도 있으니까. 그때쯤 차를 얻어 타셨더라고요. 시간이 얼마 되지 않으셨거든요. 불과 몇 초 정도?"

"차요? 누구랑요?" 줄리언이 묻자, 릴리가 그의 손을 꼭 쥐었다.

"소형 푸조. 검은색. 아주 깨끗했어요. 요즘 이 근처에서 차를 태워주는 사람이 없는데 신기하죠?"

"운전사를 봤어요, 앤디?" 릴리가 물었다.

"뒤에서 봤어요. 차는 떠나고 있었고, 에드워드는 앞에 탔어요. 모르는 사람이라면 앞자리가 더 안전하다면서요?"

"남자인가요? 아니면 여자?"

"그야 모르죠. 요즘이야 머리까지 다 기르니까."

"차 번호는요?" 줄리언이 물었다.

"이 지역은 아니었어요. 그건 알겠네요. 이 근방엔 푸조를

모는 사람이 없을 거예요. 도대체 어디로 데려갔을까요? 게다가 소피 이모 때문이라는데, 이해할 수가 없네요. 누가 태워갔는지 누가 알겠어요? 짐작도 할 수 없으니."

줄리언은 거듭 고맙다고 인사하고 앤디를 배웅했다. 필요할 경우 경찰과 병원에 연락해보겠지만, 어떤 일이 있어도 앤디 이름은 언급하지 않겠다는 약속도 했다. 2층으로 올라가니, 릴리는 걸리버가 아니라 그의 거실 퇴창에 서서 바다를 바라보고 있었다.

"내가 어떻게 하면 좋을까? 스튜어트에게 전화를 해야 하나? 아니면 아무 말도 하지 않고 에드워드가 나타나기만 바라야 하나?" 그가 릴리의 등에 대고 물었다.

무응답.

"내 말은, 에드워드 상태가 정말 나쁘다면, 스튜어트가 찾아서 적절한 도움을 받도록 하는 게 최선 아니겠어?"

"아버지는 못 찾아." 릴리가 그를 돌아보며 대답했는데 표정이 완전히 달라져 있었다. 행복한 표정까지는 아니더라도 너무도 만족스러운 표정이 아닌가. 줄리언으로서는 순간 불안해졌다. "아버지는 살마한테 갔어. 내가 자기한테 말하지 않은 마지막 비밀이야."

닉 콘웰의 후기

어쩌다 보니 왕을 우러러보는 고양이 신세가 된 기분이다. 게다가 왕과 그의 작품을 두고 의미 있는 글까지 써야 한단다. 10대였다면 오히려 쉬웠을지 모르겠다. 그때는 스마일리 대 카를라의 서사와 사랑에 빠졌다. 특히 마이클 제이스턴이 읽어준 《팅커, 테일러, 솔저, 스파이》를 좋아했다. 그 테이프를 내 못난이 JVC 카세트플레이어에 넣고 얼마나 들었는지, 암송을 하고 운율까지 따라 할 정도였다. "여러분한테 들려줄 이야기가 있다. 스파이 이야기인데, 그 이야기가 사실이라면(물론 나는 사실이라고 믿는다) 여러분한테는 완전히 새로운 조직이 필요하게 될 것이다." 장담컨대, 존 르 카레로 더 알려진, 데이브 존 무어 콘웰은 훌륭한 아버지였을 뿐 아니라 현란하고 독특한 이야기꾼이었다.

2020년부터 2021년의 겨울은 암울했다. 12월 초, 나는 콘월의 부모 집에 돌아와 어머니를 돌봤다. 그때쯤 암 증세가 크게 악화됐다. 아버지도 폐렴 증세로 병원에 입원했다. 며칠 후, 같은 병원 어머니 침대 옆에 쪼그리고 앉아 아버지가 결국 이겨내지 못했다고 말씀드려야 했다. 우리는 울었다. 그리고 나는 혼자 집에 돌아와 바다 위로 쏟아지는 폭우를 멍하니 바라보았다.

나는 터무니없이 운이 좋았다. 아버지가 돌아가셨을 때 우리 사이에 앙금이 전혀 없었다. 나쁜 말을 한 적도 없고 해결 못 한 다툼도 없었다. 의심도 오해도 없었다. 나는 아버지를 사랑했고 아버지도 나를 사랑했다. 우리는 서로를 이해하고 서로를 자랑스러워했다. 서로의 결함을 너그럽게 넘기고 늘 사이도 좋았다. 이보다 더 뭘 바라겠는가.

다만 아버지와 한 약속은 하나 남아 있다. 가볍게 한 약속은 아니다. 어느 기억 속의 여름이었는데 어느 해인지는 기억나지 않는다. 우리는 햄스테드히스를 산책 중이었다. 아버지 역시 암을 안고 사셨어도 그 때문에 죽게 된다기보다 그저 함께 죽어야 할 종류로 여겼다. 아버지가 내게 무조건 약속하라 말씀하시기에 나는 알겠다고 했다. 당신이 죽은 후 책상에 미완성 이야기가 있으면 나보고 마무리해달라는 얘기였다.

나는 그렇게 하겠다고 했다. 어떻게 싫다고 하겠는가? 작가 대 작가, 아버지와 아들로서, 내가 계속하지 못하면 네가 불꽃을 살려가겠니? 당연히 예라고 대답해야 한다.

그렇게 콘월의 암울한 밤, 넓고 어두운 바다를 내다보며, 나는《실버뷰》를 기억해냈다.

원고를 직접 읽어보지는 않았어도 남은 소설이 있다는 사실은 알고 있었다. 미완성이 아닌 미출판 상태로. 아버지는 고치고 또 고쳤다.《민감한 진실》이 나온 직후부터 시작한 소설이라, 아버지 소설의 정수로 여겨왔다. 요컨대, 기술, 지혜, 열정, 구도가 완벽하게 절정을 이룬 작품. 하지만《실버뷰》는 써놓기만 했을 뿐 마감은 없었다. 하나의 소설, 하나의 약속, 둘 다 애매한 상태에 놓인 것이다.

소설이 신통치 않았을까? 그런 일은 누구에게나 일어날 수 있다. 그 경우 살릴 수는 있을까? 살릴 수 있다면 내가 할 수 있는 일인가? 나도 아버지만큼이나 흉내에는 일가견이 있다. 하지만 적절한 규모로 이야기를 전개하고, 300페이지에 걸쳐 아버지의 목소리를 흉내낸다고? 내가 그 근처라도 갈 수 있을까? 아니, 꼭 그래야 하나?

나는 소설을 읽었다. 놀랍게도 푹 빠져서 읽었다. 그만큼 훌륭한 소설이었다. 언제나처럼 초고 단계의 실수들은 보였다. 단어 중복, 기술적 오기, 드물게나마 애매한 문단 등이 그랬다. 하지만 그렇다 해도 아직 교정을 거치지 않은 원고에 비해선 평소보다 깔끔했으며, 《민감한 진실》처럼 자신의 과거 작품에 대한 일종의 완전한 회고이자 경험의 노래였다. 그 자체로 완전한 서사였으며 자체의 정서와 자체의 의미가 있었다. 그런데 왜 망설였을까? 왜 책상 서랍에 담아만 둔 걸까? 다시 꺼내 다시 쓰고 다시 넣고…… 왜 마지막 순간까지 만족하지 못했던 걸까? 정확히 내가 어느 부분을 고쳐야 하는 거지? 이 〈모나리자의 미소〉에 눈썹이라도 달아야 하나?

이 순간과 내 역할을 회고해봤지만, 그때만 해도 4분의 3 정도 완성된 소설이라고 가정했다. 결말을 향한 광범위한 메모가 있고 어쩌면 아직 끼워 넣지 못한 자료들이 있는 그런 원고 말이다. 그럼 내 작업은 일종의 텍스트 짜깁기가 될 것이다. 그런데 그런 종류의 일은 전혀 없었다. 여러분이 들고 있는 소설은, 그저 비밀 접선 같은 편집 과정을 거쳤을 뿐이다. 어떤 기준으로 보아도 이 소설은 온전히 르 카레다. 물론 부족한 면이 있다면 얼마든지 나를 꾸짖어도 좋다.

다시 왜, 라는 문제로 돌아가보자. 아버지는 왜 지금까지 미적거리고 있었을까?

나한테도 가설은 있다. 근거도 증거도 부족한, 순전히 본능적인 가설이다. 첩보를 관리하는 아버지 세계의 중재자들이 그 얘기를 했다는 이유만으로 내 목을 매달려고 하겠지만, 그렇다고 해도 리키 타르 말마따나, 나는 사실이라고 믿는다.

아버지가 무엇보다 확실하게 지키려 한 선이 있었다. 그는 첩보 업무의 닳고 닳은 오랜 비밀들을 쓰지 않으려 했다. 이름들을 거론하지 않았으며, 가장 사랑하고 신뢰하는 사람들에게조차 당시 첩보 공무원으로서의 비밀들을 누설하지 않았다. 나 또한 아버지의 삶이라면 바깥세상에서 인쇄 매체로 읽을 수 있는 수준밖에 알지 못한다. 60대 나이에 비밀첩보국을 떠난 뒤에도 아버지는 첩보국과 자신의 약속을 충성스럽게 지켰다. 그가 크게 상처받은 일이 있다면, 그가 행동이나 태만 등의 행위로 과거의 동료들을 배신했다는 소문이었다. 그런 이야기는 대체로 아버지가 첩보 업무의 정치적 이용을 거칠게 비난했을 때 나왔다. 작금의 고위관리들이 화가 나서 흘려보내는 것들이다. 아버지는 배신하지 않았다. 그런데도 그들은 오랜 세월 동안 조용히, 지속적으로, 예고 없이, 우연한 만남처럼 책방이나 시골길에 나타나 자신들이 다 알고 있다고 아버지를 위협하곤 했다.

《실버뷰》는 다른 르 카레 소설이 한 번도 하지 않은 일을 한다. 단편적으로나마 첩보를 '실제로' 보여주는 것이다. 자체의 정파적 이해로 점철되고, 반드시 품어야 할 사람들에게조차 이따금 등을 돌리고, 때로는 너무도 비효율적이고 태만하기만 한 사례들. 궁극적으로 첩보국조차 더 이상 스스로 정당성을 증명하지 못하고 있지 않은가. 《실버뷰》에 그려진 영국의 스파이들은 우리와 마찬가지로 조국이 어떤 의미인지 자신들이 스스로 어떤 존재인지에 대해 자신감을 잃고 있었다. 《스마일리의 사람들》에 나오는 카를라처럼 이곳에도 우리 자신의 모습이 있다. 첩보부의 임무는 종종 인간의 존엄성을 외면한다. 그리고 소설은 그 임무가 그럴 가치가 있는지 묻기 시작한다.

내가 보기에 아버지도 감히 그 얘기를 큰 소리로 외치지는 못했다. 의식했든 안 했든 아버지는 그 사실을 가슴에 품는 게 괴로웠다. 그래도 20세기 중반 그가 갈 곳 없는 떠돌이였을 때 그에게 집을 마련해준 기관이 아니던가. 내가 보기엔 기막힌 소설을 썼지만, 아버지가 볼 때는 노골적이라고 여겼을 것이다. 따라서 고치면 고칠수록, 감추면 감출수록, 소설은 평범해지고…… 결국 머뭇거릴 수밖에 없었다.

여러분도 여러분의 의견이 있고 그 의견이 나와 다를 수 있지만, 내가 믿는 바는 여기까지다.

아버지는 이 소설 속에 존재한다. 언제나 그랬듯, 진실을 말하기 위해, 이야기를 풀어내기 위해, 여러분께 그 세계를 보여주기 위해 노력 중이다.

《실버뷰》에 오신 것을 환영하는 바다.

2021년 6월

닉 콘웰

닉 콘웰은 존 르 카레의 막내 아들이며, 닉 하커웨이라는 이름으로 작품 활동을 하고 있다.

옮긴이 조영학

출판번역가. 《기탄잘리, 난 이기고 싶어》《더 레이븐》《모스트 원티드 맨》《나는 전설이다》《이니그마》 등 90권이 넘는 책을 우리말로 옮겼다.
지은 책으로는 《여백을 번역하라》《천마산에 꽃이 있다》, 함께 지은 책으로는 《상(차리는)남자? 상남자!》 등이 있다.

실버뷰

1판 1쇄 인쇄 2023년 1월 30일
1판 2쇄 발행 2023년 4월 3일

지은이 존 르 카레
옮긴이 조영학

발행인 양원석 **편집장** 김건희
디자인 김현우
영업마케팅 조아라 이지원 정다은 백승원

펴낸 곳 (주)알에이치코리아
주소 서울시 금천구 가산디지털2로 53, 20층 (가산동, 한라시그마밸리)
편집문의 02-6443-8902 **도서문의** 02-6443-8800
홈페이지 http://rhk.co.kr **등록** 2004년 1월 15일 제2-3726호

ISBN 978-89-255-7708-1 (03840)